梦回小岛

——肖时照歌词100首

肖时照 著

图书在版编目(CIP)数据

梦回小岛：肖时照歌词100首 / 肖时照著. -- 北京：中国书籍出版社, 2021.9

ISBN 978-7-5068-8699-4

Ⅰ. ①梦… Ⅱ. ①肖… Ⅲ. ①歌词集-中国-当代 Ⅳ. ①I227

中国版本图书馆CIP数据核字(2021)第188069号

梦回小岛：肖时照歌词100首

肖时照 著

责任编辑	成晓春
责任印制	孙马飞　马 芝
出版发行	中国书籍出版社
地　　址	北京市丰台区三路居路97号(邮编：100073)
电　　话	(010)52257143(总编室)　(010)52257140(发行部)
电子邮箱	eo@chinabp.com.cn
经　　销	全国新华书店
印　　刷	成都兴怡包装装潢有限公司
开　　本	880毫米×1230毫米　1/32
字　　数	180千字
印　　张	10
版　　次	2021年9月第1版
印　　次	2021年9月第1次印刷
书　　号	ISBN 978-7-5068-8699-4
定　　价	58.00元

版权所有　翻印必究

歌词写作心得

（自序）

珠海音乐文学研究会为我举办个人歌词专题研讨会，蔡育川会长希望我在会上发个言，这样，就给了我一个回顾和思考怎样写歌词的机会。过去从来没有系统地思考过这个问题，即使有，也是支离破碎的。现在，谈几点体会，希望能得到同行们的指教。

一、我为什么喜欢写歌词？

四十九年前，我在部队当新兵的时候，部队就要求"四前"（即会前、饭前、晚点名前和列队走路时）有歌声，确实，歌声能激发情绪，昂扬斗志，是提高战斗力的一个因素。

后来，我当了部队领导干部，经常下连队检查工作，与战士们同吃、同住、同操课。我发现绝大部分战士都有两个心爱的本子，一个是记录名人警句；一个是抄录他们喜爱的歌。不管唱得怎么样，每个人都会唱几十首歌。联系研读毛泽东《在延安文艺座谈会上的讲话》精神，他说："革命文艺是整个革命事业的部分，是齿轮和螺丝钉。"于是，我得出这样的启发：歌声是号角，是战鼓，寓教于乐，是一个政治工作者的职责。

我写歌词始于"文化大革命"期间，那时，我在部队机关当文化干事，经常为部队的文艺宣传队编写节目，经常下连队，下海岛为广大指战员演出，但那时的作品因各种因素无保存价值了。后来，到了1983年，我当师政委时，基于上述的启发，又重新开始创作。我记得写的第一首词是《我们守卫在万山群岛》，由著名作曲家郑秋枫谱曲，成为我们守岛部队的岛歌，至今还在部队指战员中传唱。一些转业退伍到地方的干部战士，多少年之后，还会唱这首歌。之后，我又写了一些反映部队题材的歌，一些歌颂珠海特区的歌，以及贴近老百姓的歌。从中，我深深感到，音乐有深厚而广泛的群众基础，在文学艺术形式中，音乐的知音是最多的。

我写歌词，是一种业余爱好。歌词很短小，创作不需要占用太多时间。每年二三首，没有任务，没有压力，有感而发，无感不发。我写歌词，萌发灵感有点特别，平时因公务繁忙，很少去思考它。往往出差在汽车上、飞机上，过去在部队下海岛坐船途中，构思作品，到了目的地，记录下来，然后慢慢修改。所以，我的绝大部分歌词是这样产生的。过去毛泽东于战争年代在马背上吟诗成为美谈，我自己深有体会，可谓是忙里偷闲，闹中取静吧！

二、写歌词最重要的是对生活的深刻感悟

2003年，珠海出版社李一安同志在文艺报上发表了一篇关于我歌词创作的文章，叫《一路征尘一路歌》。这篇文章，真实地记录了我写歌词和我的心路历程的密切关系。我于1961年8月入伍到珠海警备区（前身是万山要塞区）守卫南海前哨，在部队服役二十八年。从一个士兵到师政委，我深深了解守岛战士的重大责任、艰苦生活和以岛为家的情怀，陆续创作了《海岛，我的第二故乡》《军营吉他声》《海岛夜歌》《梦回小岛》等歌词。这些作品受到部队官兵的广泛喜爱，多次在广州军区部队歌曲创作比赛中获奖。

1989年5月，我转业到地方工作，担任珠海市中级人民法院院长九年。在此，我深刻认识到人民法官的神圣职责，它代表国家，代表公平正义，爱憎分明，除暴安良，保一方平安。因此，我写了《人民法官之歌》，这是全国法院系统第一首法官自己的歌，广为传唱；又为以法制为题材的电视连续剧《法证》创作主题歌《正义之神》，此剧获电视飞天奖。如何保持军人本色，如何为军旗增光添彩，是转业、复退军人面对的一个重要命题，于是，1996年我创作了《再为军旗添风采》。这首歌被拍成电视音乐片，获得了中央电视台"军神杯"大赛银奖，收入建军70周年解放军总政治部出版的大型卡拉OK专辑《军魂》及中央军委武警总部出版的大型卡拉OK《兵歌壮行五十年》专辑，成为全国军转复退军人唯一的一首标志性歌曲。

1998年，我转岗到珠海市政协工作，担任政协副主席。政协工作，主要任务是团结社会各行各业各界人士参政议政，接触面很广。为庆祝澳门回归，我写了《九九回归》一歌，拍成音乐电视片在中央和省、市电视台多次播出。写了以百年一遇的世纪之交为题材的《世纪钟声》，由著名作曲家王佑贵谱曲，著名歌唱家阎维文在2000年北京中华世纪坛元旦文艺晚会上演唱。还创作了台湾同胞盼回归的歌曲《何时月儿圆》，由著名歌唱家汤灿演唱，并拍成音乐电视片在中央和省、市电视台播出。我在政协工作期间，出国参加华人华侨的社会活动也很多，广泛接触了华人华侨四海漂泊、艰苦创业的生活，感受到他们对祖国、对家乡的感激之情和眷恋之情，因此，我又创作了《中华人》《谢谢您，祖国母亲》等歌曲。

2004年，我退休之后，有时间来回顾过去的一些事情，思考人生真谛。人到了晚年，喜欢回首往事，感慨万千。于是，我又写了《往日情怀》《光阴》《岁月如镜》《为官铭》等歌词。

以上的介绍，我只想说明一个问题，即我写歌词与我的工作和生活经历紧密相连。基本是干什么，写什么，走到哪，写到哪，写自己最熟悉的人和事，写自己感受最深刻的人和事。

有人说过这样一句话："功夫在诗外。"我觉得这句话一针见血，一言着底。你的阅历越丰富，你的歌词就越精彩。你对生活的感悟越深刻，你的歌词就越能引起共鸣。我往往把平常对生活对人生思考最多的问题，用歌词的形式把它们表达出来。比如，"真善美"，这是人类文明史上最原本、最美好、最不可战胜的东西，于是我写了《真善美》的歌词，赞美人类最完美的精神境界："千里黄沙掩不住你的尊贵，千年迷雾遮不住你的光辉"，"千里冰雪挡不住你的秀美，千年变迁方显你的品味"。又比如，我发现人生最宝贵的东西是"时间"，人生最值得骄傲的资本是"年轻"，于是，我写了歌词《光阴》，发出感叹："大雁飞去，还会回归，花儿谢了，还会艳美，可是那逝去的光阴，永远不会再回。""拥有千金，难免事非，权倾一时，总有破碎，只有那风华正茂的花季少年，令我羡慕加倍。"

三、关于写歌词的技巧

1. 语言要白而不水,平而不淡。

我在研读唐诗宋词中发现,尽管是古人写的,那是文言文的时代,但是他们的很多诗句非常通俗易懂,就跟平常人说话一样,所表达的意境耐人寻味,让人思绪绵绵。毛泽东的诗词气势磅礴,不愧是一代伟人的胸怀,但是他的许多诗句可吟可唱,没有晦涩难懂的词。我体会,写歌词就是要用通俗易懂的群众语言,表现最深刻的思想和境界,表面看起来平淡,仔细琢磨起来有特点,有新意。尤其要是在一首歌里有一两句能让人永远记住,变成群众口头禅的词就更好了,那就是成功之作,也是我一直追求的目标。我写的《打工谣》有一句唱词:"别看我们今天有点寒酸,将来我们也要当老板。"打工族听后很感兴趣,成为激励他们创业的动力。《世纪钟声》里有句歌词:"千年一遇,百年一回,我们是幸运之神。"意思是说,从刚出生的婴儿到百岁老人,见证了千年一遇的新世纪到来,这种机遇降临到我们头上,太幸运了,太神奇了,所以"我们是幸运之神"。《再为军旗添风采》这首歌有一句唱词:"战友啊战友!为军人的荣耀歌唱吧,再为军旗添风采。"现在,许多军人包括转业军人和现役军人,为有当兵的历史而自豪,在聚餐喝酒干杯的时候,都喜欢说"为军人的历史干杯!"

2. 创造意象,让人身临其境。

歌词很短小,语言很简洁,往往切入点很小,但是要表达的主题却很重要,有时甚至很大,而且必须和音乐相结合。所以,必须创造一种与主题相符合的意象,让音乐为它插上翅膀,给人无限联想,用一种强烈的艺术感染力去撼动人的心灵。我写的《九九回归》,创造了这样一个意象:"高高的青山哟,九千九百九十九个峰,终归连着珠穆朗玛峰;长长的绿水哟,九千九百九十九道湾,终归流进大海中……远飞的大雁哟,九千九百九十九里路,终归回到自己的窝棚;高高的大树哟,九千九百九十九片叶,终归飘落在树根。"表现澳门同胞回归祖国的怀抱,路途漫漫曲折,很不容易。加上"九九归一"是中国易经理念,是好兆头。为了表现迎接同胞回归的热烈气氛,也用了"九千九百九十九朵鲜花在挥动""九千九百九十九首笙歌在吟颂""九千九百九十九盏红灯照你行""九千九百九十九道彩虹把你迎"的词句。当年,这首词发表在《词刊》上,全国各地的作曲家谱写的版本,我接到的就有三十多个。说明很多音乐家还是看好这首词的。又比如,1998年6月我到新疆,看到一种奇特的景象:"蓝天上的白云悠悠地飘,青青的草地黄花儿笑,洁白的冰山飞雪花,吐鲁番的葡萄已熟了。春夏秋冬共一时,景色万千好协调。"联想到新疆是个多民族共居的地方,所以我写了《和睦家园》,从自然景象入手,赞美各族儿女和睦相处,共创美好家园的生活。这首歌由著名维吾尔族歌手巴哈尔古丽演唱,参加广东省迎"十六大"征歌评选活动,入选十首优秀歌曲。另外一首以爱情为主题的歌《桃花水》,描写江南一带春暖花开的季节,桃花开了,春水涨了,用桃花和春水的关系,寓意姑娘和小伙的爱恋之情,造了一个"桃花春水两相望,看也看不够","桃花春水向东去,永远不分手"的意境,收到了耐人寻味的效果。这首歌由著名歌唱家李丹阳演唱,并收录入她的专辑。

3. 反复修改，推敲。

前面讲过，我写歌词，没有任务，没有压力，是多年积累而成，因此，有充分的时间、空间去反复推敲、修改。往往一首词写好初稿之后，先放一段时间，再拿出来修改。有时为了一个字，一句话，要反复修改十几次、几十次，直到自己通得过为止。有些表现重要主题思想的词，常常写好了，又重新构思，推倒重来。我写的表现爱情的词《结伴同行》，有人谱过曲了，我觉得词不满意，又重新修改。后来，这首词在北京"北极星杯"词曲创作评比中获"金奖"。我觉得有些词句还不够满意，又作了重大修改。另一首词叫《尊严》，开始从中国这个角度写"尊严"，意在表现民族的尊严。我觉得"尊严"很重要，作为一个民族来说，尊严是民族之魂，是一种民族精神；作为个人来说，尊严是一种人格魅力，是人的一张名片。于是，我又换了一个角度，从人的角度改写"尊严"。"尊严是你的一颗心，尊严是你的一张脸。生命最无价，尊严价无限。如果不讲尊严，荣辱廉耻无界限；如果不顾尊严，好比是一群牛马畜牲。"我觉得，后一首比前一首好。

目录

CONTENTS

河山篇

世纪钟声 ………………………………… 002

九九回归 ………………………………… 004

期盼和平 ………………………………… 006

中华崛起 ………………………………… 008

今朝辉煌 ………………………………… 010

和睦家园 ………………………………… 012

向往西藏 ………………………………… 014

谢谢您,祖国母亲 ……………………… 016

何时月儿圆——台湾同胞之声 ………… 018

大自然协奏曲 …………………………… 020

红树林 …………………………………… 022

一场没有硝烟的战争 …………………… 024

我是一滴水 ……………………………… 026

人民法官之歌 ············· 028
正义之神 ················ 029

人生篇

人　生 ················· 032
真善美 ················· 034
岁寒三友 ················ 036
尊　严 ················· 038
平凡人生 ················ 040
诚信之歌 ················ 042
公平正义之歌 ············· 044
莲花颂 ················· 046
微　笑 ················· 048
我有一个梦想 ············· 050
打工谣 ················· 052
比翼齐飞 ················ 054
中华人 ················· 056
海漂归来 ················ 058
为官铭 ················· 060
爱满人间 ················ 061
深爱无言 ················ 063
你真有心 ················ 064
牵　挂 ················· 065
时间老人 ················ 067

岁月如镜	069
光　阴	070
往日情怀	072
往事不堪回首	074
老照片	076
激情燃烧的岁月	077
绿色生活比蜜甜	079
我要出门看世界	081
城市美容师	082
母亲颂	083
思念母校	085
老师之恩	087
我的家园	089
故园之恋	091
思念是一个美丽的梦	093
武冈，我的家乡	094
回家的感觉真好	096
真爱只有一次	098
结伴同行	099
唯一的思念	101
真情无价	102
桃花水	104
心中的花	106
总有一天	108

美丽的女郎	110
婚礼欢歌	112
我爱广场舞	114
黄昏唱晚	116
你是一棵不老松	118
回归浪漫	120
简单很快乐	122
长寿老人	123
祝你健康平安	125

军旅篇

我们守卫在万山群岛	128
海岛，我的第二故乡	130
梦回小岛	132
海岛夜歌	133
祖国哨兵之歌	134
水兵之歌	136
南海前哨钢八连连歌	138
特区模范守备连连歌	139
军营吉他声	141
战友情深	143
双拥之歌	144
战士，伟大的名字	146
再为军旗添风采	148

珠海篇

珠海美	152
百岛之市	154
南海明珠	156
珠海的勒杜鹃	158
珠海的灯	160
幸福珠海人	162
珠海,中国之窗	163
珠海——澳门	165
珠海之歌	167
我们疍家人	169
伶仃洋	171
浪漫之漂	173
相会在珠海	175

行业篇

白衣天使	178
春暖万家——建筑工人之歌	180
公汽工人之歌	182
神奇的手——水质净化工人之歌	184
百货颂歌	186
湘商颂	188

曲谱篇

世纪钟声 ·················· 192

九九回归 ·················· 193

欢乐山寨 ·················· 194

和睦家园 ·················· 195

谢谢您，祖国母亲 ·················· 196

今朝辉煌 ·················· 197

何时月儿圆 ·················· 199

人民法官之歌 ·················· 200

正义之神 ·················· 201

岁寒三友 ·················· 202

诚信之歌 ·················· 203

真善美 ·················· 204

爱满人间 ·················· 205

深爱无言 ·················· 206

平凡人生 ·················· 207

黄昏唱晚 ·················· 208

往日情怀 ·················· 209

母亲颂 ·················· 210

回家的感觉真好 ·················· 211

思念母校 ·················· 212

思念是一个美丽的梦 ·················· 213

武冈，我的家乡 ·················· 214

我要出门看世界	215
真爱只有一次	216
桃花水	217
心中的花	218
我们守卫在万山群岛	219
海岛，我的第二故乡	220
军营吉他声	221
海岛夜歌	222
南海前哨钢八连连歌	223
特区模范守备连连歌	224
战友情深	225
双拥之歌	226
梦回小岛	227
再为军旗添风采	228
珠海美	230
百岛之市	231
伶仃洋	232
珠海，中国之窗	233
珠海的勒杜鹃	234
珠海的灯	235
珠海——澳门	236
珠海之歌	237
幸福珠海人	238
相会在珠海	239

打工谣 ………………………………… 240
湘商颂 ………………………………… 241
百货颂歌 ……………………………… 242

评论篇

评肖时照的歌词创作 ………………… 陈小奇 / 244
映日荷花别样红 ……………………… 蔡育川 / 250
爱的深情抒发
　　——欣赏肖时照歌词作品心得 …… 鲁之洛 / 254
一路征尘一路歌
　　——珠海市政协副主席、歌词作家肖时照的艺术人生
　　………………………………… 李一安 / 257
妙笔写人生
　　——记珠海市中级人民法院院长肖时照
　　………………………… 国　华　晓　章 / 262
珠海，一首美丽的歌 ………………… 萧　城 / 265
身到情到歌到
　　——词作家肖时照的创作之路 …… 朱　燕 / 268

获奖歌曲 ……………………………… 276
后　记 ………………………………… 278

河山篇

世纪钟声

(一)
月亮告诉星星,太阳也告诉星星,
新世纪的曙光已来临;
大海告诉昆仑,高山也告诉昆仑,
这是一个神圣的时辰;
我们的名字呵,载入了史册,
从刚诞生的婴儿到百岁老人。
啊,千年一遇,百年一回,
我们是伟大历史的见证。
啊,千年一遇,百年一回,
我们是幸运之神。

(二)
大地响起钟声,蓝天也响起钟声,
钟声迎来新世纪的黎明;
老人告诉儿孙,儿孙也会告诉后人,

有谁听过那神圣的钟声!
我们手拉着手啊,迈进新世纪,
肩负着再创辉煌的重任。
啊,千年一遇,百年一回,
我们是伟大历史的传人。
啊,千年一遇,百年一回,
我们是幸运之神。

九九回归

（一）

高高的青山哟，九千九百九十九个峰，
终归连着珠穆朗玛峰。
长长的绿水哟，九千九百九十九道湾，
终归流进大海中。
亲爱的澳门同胞哟，一去数百年，
终于回到祖国的大家庭。
哎！九九回归，苍天盈泪，
九千九百九十九朵鲜花在挥动。
哎！九九回归，大海起舞，
九千九百九十九首笙歌在吟颂。

（二）

远飞的大雁哟，九千九百九十九里路，
终归回到自己的窝棚。
高高的大树哟，九千九百九十九片叶，

终归飘落在树根。
亲爱的澳门同胞哟,归来路漫漫,
终于回到母亲的怀抱中。
哎!九九回归,日月同辉,
九千九百九十九盏红灯照你行。
九九回归,普天同庆,
九千九百九十九道彩虹把你迎。

期盼和平

(一)

多少人离散在年少时分,
却团聚在人生的黄昏晚钟。
多少人在硝烟中度过青春年华,
归来的幸存者已不再年轻。
我们诅咒那战争狂人,
是他们把世界搅得不安宁。
啊,我们向往自由的生活,
我们期盼人类永久的和平。

(二)

多少人生活在宁静的家园,
却顷刻间成了屈死的亡灵。
多少人日思夜想远征的亲人,
盼来的却是永久的离恨。
我们仇恨那战争狂人,

是他们夺去了无数人的生命。
啊,我们渴望生存的权利,
我们期盼人类永久的和平。

中华崛起

(一)

华夏水土,养育着中华儿女,
一代又一代奋斗不息。
他们谱写了灿烂的东方文明,
他们创造了举世瞩目的奇迹。
但曾经夕阳西下贫病交织,
山河破碎苍天哭泣。
啊,多少儿女为您前仆后继,
盼望着中华再崛起!

(二)

星移斗转,迎来了新的世纪,
中华儿女要重塑自己。
我们已经告别了贫穷的日子,
我们正在走向全面的富裕。
看今天长城内外日新月异,

让世人再叹中国之谜。
啊,终于迎来了美好时期,
喜看那中华正在崛起!

今朝辉煌

(一)

同是一片蓝天,
为什么荒山野岭变花园?
同是一片土地,
为什么年年丰收捷报传?
长江长城可作证,
气象万新在弹指一挥间。
啊,伟大的理论指航程,
人民的智慧高如天,
开拓前进创伟业,
梦想成真谱新篇。

(二)

一样的星移斗转,
为什么贫困的日子变甜蜜?
一样的潮起潮落,

为什么国泰民安喜空前?
黄河泰山可作证,
气象万新在弹指一挥间。
啊,共产党是领路人,
各族人民心相连,
中华大地又是春,
今朝辉煌更灿烂。

和睦家园

(一)
蓝天上的白云悠悠地飘,
青青的草地黄花儿笑,
洁白的冰山飞雪花,
吐鲁番的葡萄已熟了。
啊,春夏秋冬共一时,
景色万千好协调。
感谢天公巧安排,
多少画师竞折腰!

(二)
打起你的手鼓尽情地跳,
弹起我的冬不拉歌声高,
维吾尔姑娘斟上热奶茶,
哈萨克大叔的故事真逗人笑。
啊,各族儿女和睦相处,

美好的家园共同创造,
依恋着祖国多幸福,
远在边塞乐陶陶!

向往西藏

（一）
这里的河水啊，
条条都是那样的纯净；
这里的山峰啊，
座座都像那睡美人；
这里的青稞啊，
片片都是黄澄澄；
这里的牧场啊，
处处都飘动着可爱的羊群。
呀啦索！
西域高原那千年的雪山，
拥抱着碧蓝的天空洁白的云。

（二）
这里的传说啊，
段段都是那样的动人；

这里的歌舞啊,
曲曲动听又传情;
这里的青稞酒啊,
点滴都是香喷喷;
这里的笑脸啊,
个个都充满着善良和虔诚。
呀啦索!
藏族儿女用金子般的心,
捧出那洁白的哈达献给你。

谢谢您，祖国母亲

（一）
我曾在天涯独自飘零，
是您抚平了我孤独的心；
我曾在他乡苦苦追寻，
是您给了我浑身一股劲；
我曾在异邦遇上不平事，
是您为我把正义伸。
啊，谢谢您，祖国母亲，
谢谢您护佑着每一个炎黄子孙。

（二）
我常在天涯匆匆穿行，
到处投来了友善的眼神；
我常在他乡结识新朋，
随处可闻赞美您的声音；
我自豪有您这样的靠山，

我骄傲我是中国人。
啊,谢谢您,祖国母亲,
谢谢您为我们带来了美好佳音。

何时月儿圆
——台湾同胞之声

（一）
虽说我就在你的眼前，
却离得又是那么遥远；
虽说我与你隔水相望，
却不能与你共团圆。
啊，只因一把无情的剑，
骨肉分离数十年。
我的祖国，
亲爱的母亲，
何时才能回到你身边？

（二）
尽管我漂泊了许多年，
但时刻都在把你思念；
尽管归途是那么漫长，
却从未动摇过我对你的信念。

啊,只盼彩虹从天降,
明月照我归故园。
我的祖国,
亲爱的母亲,
等到何时才能月儿圆!

大自然协奏曲

(一)
清晨我漫步在林间小道,
一首动人的协奏曲响彻耳边;
你听!青蛙在呱呱地唱歌,
小虫在嘶嘶地拨弄琴弦;
一群小鸟在树林里合唱,
一行白鹭嘎嘎唱着飞向蓝天。
无数的歌手无数的演奏家,
从古到今不知演唱了多少年。

(二)
傍晚我眺望着夕阳西下,
一首优美的协奏曲醉了心田;
你听!山羊在哼哼着练嗓,
骏马在仰天长啸狂舞撒欢;
一湾泉水在叮咚叮咚弹奏,

晚风阵阵呼呼低吟有些凄婉。
是谁谱写了无与伦比的协奏曲，
唯有那美丽神奇的大自然。

红树林

(一)

我家住在大海边,
窗前有片红树林。
绿叶碧连天,
须根吻着泥,
鱼虾戏浪花,
小鸟觅知音。
那里有我童年的梦,
那里有我思念不尽的心。
啊,红树林!
你是大海的美容师,
你是村庄的守护神。

(二)

我家住在大海边,
窗前有片红树林。

花开阵阵香,
枝摇月弄影,
天赐绿金子,
渔家聚宝盆。
那里有我青春的歌,
那里有我梦中牵挂的人。
啊,红树林!
我愿化作一棵小树,
永远为你添绿荫。

一场没有硝烟的战争

（一）
没有军号，没有枪声，
这个战场好宁静；
没有战车，没有战壕，
战斗阵地就在自家门。
这是一场没有硝烟的战争，
敌人就是那新冠肺炎。
白衣战士冲在前，
救死扶伤奋不顾身，
全国人民齐参战，
众志成城战疫情。

（二）
不问南北，不问老少，
这个病魔夺人命；
白衣湿透，温情守护，

这个战场暖人心。
这是一场没有硝烟的战争，
英雄就是那医护人。
四面八方驰援病区，
患难与共见真情，
全国人民齐参战，
病魔无奈中华人。

我是一滴水

我是一滴水,
你是水一滴,
滴水汇成河,
流到大海无尽头。

我是一粒沙,
你是沙一粒,
聚沙堆成丘,
绵亘千里惊回首。

我是一棵草,
你是草一棵,
小草碧连天,
万里山河变绿洲。

我有一双手，
你有手一双，
咱们手挽手，
地球也要抖三抖。

啊，从古到如今，
你我最风流，
世上哪件事，
不是百姓来造就？

人民法官之歌

(一)
心向国徽,胸佩天平,
代表国家高悬明镜。
把是非曲直来评断,
让真假善恶辨得清。
秉公执法是我们的天职,
人民法官爱人民。

(二)
心向国徽,胸佩天平,
一身正气两袖清风。
为不平之事举正义,
与妖魔鬼怪作斗争。
刚直不阿是我们的品格,
神圣的天平永不倾。

正义之神

(一)

你有一双明亮的眼睛,
云里雾里看得清。
你有一副冷静的头脑,
再乱的麻团也理得清。
有人恨你有人亲,
你到底是一个什么样的人?
什么样的人?

(二)

你有一颗善良的爱心,
铁面无私却有情。
你有一副钢铁的肩膀,
再大的压力也承得起。
有人怕你有人敬,
你到底是一个什么样的人?

什么样的人?

你是邪恶的克星,你是法的化身,
你是冤屈者的救星,你是正义之神!

人生篇

人　生

(一)
人生好比一条船，
一条飘荡的船。
有时一帆风顺，
有时浪激滩险；
有时阳光明媚，
有时风雪雷电。
朋友啊朋友，
把好舵，意志坚，
顺利时莫忘艰险，
困难时看到曙光在前。
啊，人生就是奋斗，
奋斗方见甘甜！

(二)
人生好比一条路，

一条陌生的路。
千条万条道路，
各有各的甘苦；
人道四十不惑，
我说八十不成熟。
朋友啊朋友，
朝前走，不停步，
挫折时不要屈服，
成功时想到新的征途。
啊，人生就是探求，
探求就是幸福！

真善美

(一)
千年黄沙掩不住你的尊贵,
千年迷雾遮不住你的光辉,
你是美好人生的追求真谛,
你是人类文明的点滴积累。
你呼唤着天地浩然正气,
你是百姓心中的一尊丰碑。
啊,阅尽人世千姿百味,
唯有崇尚真善美。

(二)
千里冰雪挡不住你的秀美,
千年变迁方显你的品味。
你把爱的阳光洒向大地,
让那邪恶的种子霉烂变黑。
你塑造了无数英雄豪杰,

你埋葬了一个个历史败类。
啊,阅尽人世千姿百味,
唯有崇尚真善美!

岁寒三友

(一)
冰封霜染大雪飞，
唯见悬崖松竹梅；
万木凋零百花残，
红梅盛开松竹翠；
高天严寒锁不住，
清香四溢令人醉。
啊！
岁寒三友千古颂，
风范长留在心扉。

(二)
大千世界无限美，
唯有喜爱松竹梅；
冰清玉洁昂首立，
任你雪乱西风吹；

待到春来花开时，
默默无言渐隐退。
啊！
岁寒三友千古颂，
风范长留在心扉。

尊 严

(一)

尊严是你的一颗心,
尊严是你的一张脸。
生命最无价,
尊严价无限。
如果不讲尊严,
荣辱廉耻无界限;
如果不顾尊严,
好比是一群牛马畜牲。

(二)

尊严是你的脊梁骨,
尊严是你的生命线。
宁为玉碎,
不为瓦全。
先辈的教诲,

传颂了几千年；
古往今来，
挺立着多少豪杰英贤。

平凡人生

(一)
又像浪花,又像小船,
自由漂泊到遥远。
不用装饰,不用打扮,
真我的风采最自然。
想说就说,想干就干,
这样的活法无遗憾。
啊,平凡人生,快快乐乐,
快乐人生,平平凡凡。

(二)
不求高位,不求金钱,
只求真情无杂念。
想笑就笑,想哭就哭,
痛痛快快心舒坦。
不要悲伤,不要哀叹,

好好享受每一天。
啊,平凡人生,快快乐乐,
快乐人生,平平凡凡。

诚信之歌

(一)
美丽容颜是你的一朵彩云,
聪明才智是你的一颗星辰,
金钱财富是你的一缕阳光,
显赫官衔是你的一阵掌声。
啊,人啊人!
只有那诚实守信的品格,
才是人生的本和根;
只有那诚实守信的人,
永远赢得众人的心。

(二)
美丽容颜会慢慢布上皱纹,
聪明才智随岁月渐渐归零,
金钱财富本是身外之物,
显赫官衔也是一介平民。

啊,人啊人!
只有那诚实守信这条根,
年年开花结果树成林;
只有那诚实守信的人,
人们永远把你铭记在心。

公平正义之歌

(一)

不管是大事还是小事,
不管是正确还是错误,
不管是昨天还是今天,
不管是朋友还是亲属。
只要是主持公平正义,
我将是由衷地心服口服,
不管是朋友还是对手,
我将是由衷地尊敬佩服。

(二)

不管是亏了还是赢了,
不管是贫穷还是富裕,
不管是天南还是地北,
不管是高兴还是痛哭。
只要是主持公平正义,

老百姓将由衷地拥护,
不管是贫民还是高官,
历史将永远把你记录。

莲花颂

(一)
莲花开在水中间,
红白相映绿叶撑,
一朵莲花一把伞,
冲破污泥见青天。
莲蓬莲子是尚品,
泥底莲藕又香甜,
静静荷塘迎客来,
青蛙呱呱奏琴弦。

(二)
古人开篇说爱莲,
独颂其出淤泥而不染,
清香四溢而不妖,
爱莲始得千古传。
今人更说爱莲好,

恰似清官一身廉,
至诚至公为百姓,
洁身自好梦魂安。

微 笑

（一）

你面带微笑，

我面带微笑，

你我他都面带微笑。

虽然我们不曾相识，

微笑为我们架起心中的桥。

在微笑里，我们相互信任，

在微笑里，我们彼此友好。

啊！

人人讲礼貌，到处是微笑，

就像鲜花朵朵，

就像杨柳飘飘。

（二）

你面带微笑，

我面带微笑，

你我他都面带微笑。
虽然我们萍水相逢,
微笑把我们的心连成一条,
在微笑里,我们增进友谊,
在微笑里,我们消除烦恼。
啊!
人人讲礼貌,到处是微笑,
就像红霞片片,
就像星星闪耀。

我有一个梦想

(一)
我有一个梦想,
梦想带我去飞翔。
梦想为我指引方向,
梦想为我增添力量,
梦想带来无限欣慰,
梦想抚平我的创伤。
啊,人生要有梦想,
不论平常不平常。
待到梦想成真时,
人生何处不风光。

(二)
我有一个梦想,
梦想带我去远航。
梦想为我拨开云雾,

梦想为我劈波斩浪,
梦想助我踏平坎坷,
梦想催我天天向上。
啊,人生要有梦想,
不论平常不平常。
待到梦想成真时,
人生何处不风光。

打工谣

(一)
请莫笑我们是打工仔,
世上打工的千千万。
没有打工的来干活,
看你怎样当老板?
打工仔要吃要喝要花要玩,
打工的总想多赚几个钱。
我们也要谈情说爱,
我们还喜欢逛逛咖啡店。
别看我们今天有点寒酸,
将来我们也要当老板。

(二)
请莫笑我们是打工仔,
世上打工的千千万。
没有打工的卖苦力,

看你机器怎样转?
打工妹爱哭爱笑爱唱爱打扮,
打工还真能够见见世面。
我们已尝过酸甜苦辣,
人生的道路真是不平坦。
只要你千难万难不怕难,
将来我们也会当老板。

比翼齐飞

(一)
看那矫健的英姿,
是另一番迷人的魅力,
看那自信的眼睛,
深含着情感的细腻。
她不是过去的闺中丽人,
她是今天的商海女经理。
她那特有的风采,
令男人们叹服不已!

(二)
曾有叱咤风云的女将,
曾有独领风骚的才女,
但在另外一个世界,
却没有女性的天地。
她从大潮中走来,

树起一面飘扬的旗帜。
她那执著的追求,
足与男人们双比翼!

中华人

不知何日何月何年，
你飘向远方远水远山，
冒着冷风冷雨冷雪，
难耐孤身孤影孤帆。
终于走到了站，
终于驶进了港湾。

不知几时几日几天，
你痴心苦求苦学苦干，
感动了那天那地那人，
不惜流血流泪流汗。
终于扎下了根，
终于圆了个心愿。
啊！

你像泰山的青松,
你像珠江的红棉,
你像西湖的杨柳,
你像天山的雪莲。

海漂归来

（一）
当年漂洋又过海，
孤身一人走天外；
走了东方到西方，
为求生活好起来；
废寝忘食去打拼，
心身疲惫须发白；
孤枕难眠梦故乡，
梦醒时分泪满腮；
海漂的日子何时了，
朝思暮想久徘徊。

（二）
时间一晃几十载，
日新月异天地改；
中华大地换新颜，

东方雄狮已醒来;
我要回到祖国去,
父老乡亲在期待;
海外华人赤子心,
微薄之力也光彩;
海漂归来如潮涌,
喜看祖国春常在。

为官铭

为官之道,莫过一个公,
公道正派才服众,
世事难辨对与错,
人心就是一杆秤。

为官之真,莫过一个情,
真情系着老百姓,
个人得失轻如云,
老百姓疾苦千斤重。

为官之本,莫过一个清,
自己清白行得正,
清正廉洁生严明,
有方有圆万事兴。

爱满人间

(一)
那一天，他遇到特别的困难，
许多人把温暖送到他心田；
那一月，天灾降临我们的家园，
许多人奋不顾身去抢险；
那一年，有人日子过得很贫困，
许多人从远方送去爱心捐赠。
啊！
这个家园很温暖，
一方有难八方来支援，
这个家园充满爱，
爱的情谊满人间。

(二)
小时候，他种上慈爱的种子，
渐渐地生根发芽花儿艳；

长大后，他把善举为己任，
用真心关爱他人千千万；
到老年，大手牵着小手走，
看到年轻一代风貌笑开颜。
啊！
这个家园很和谐，
人人争把爱奉献，
这个家园很幸福，
爱的奉献到永远。

深爱无言

虽说你我不曾相识,
你的困难让我牵挂心中;
虽说你我隔山隔水,
你的痛苦让我坐立不宁。
我要帮你渡过难关,
人生路上谁没有个逆水逆风?
我要帮你解除痛苦,
风雨过后再看那绚丽彩虹。

也许你我非亲非故,
你的微笑让我如沐春风;
也许你我今生难逢,
你的好运让我欣慰激动。
请不要问我姓和名,
深爱尽在那不言中。
我要为你道一声祝福,
祝你一生平安好人好梦。

你真有心

春花开了,你打来了问候的电话,
秋风凉了,你捎来了保暖的鞋袜。
你每天很忙很忙,
有时又远在天涯。
但是,你真有心,
时刻把往日的朋友牵挂。

每逢生日,你寄来了祝福的贺卡,
那天我病了,你送来了温馨的鲜花。
你的朋友很多很多,
可以说遍及天下。
但是,你用真心,
培育着永不凋谢的友谊之花。

牵 挂

当你呱呱落地的一刹那,
你的妈妈就时刻把你牵挂;
当你有了朦胧的笑意,
你就时刻恋着最亲爱的妈妈。

当你后来渐渐地长大,
你的老师和同学常把你牵挂;
在牵挂中增进了友谊,
知心的朋友伴你走天涯。

当你走进了花样年华,
牵挂的人还有一个心中的她;
那是一份无尽的思念,
今生今世恩恩怨怨离不开她。

当你走到生命的最后时刻,
你对最亲密的人依然放心不下;
如果你到了另外一个世界,
留给活着的人是永远的牵挂。

啊!
有人牵挂,远在千里犹在家,
把人牵挂,心中拥有幸福花,
无牵无挂,几分凄凉几分孤独,
有份牵挂,千古奇缘情无价。

时间老人

（一）

时间啊时间，你是最老最老的寿星，
你的诞生带来了人类文明；
时间啊时间，你又是不老的年轻人，
你的生命永无止境；
你是权力无比的指挥官，
所有的人都要听从你的命令；
你是最公正无私的裁判员，
无论何人何事你用的都是一杆秤。

（二）

朋友啊朋友，我们要感谢时间老人，
历史的记载照亮后人的心灵；
朋友啊朋友，我们要尊重时间老人，
珍惜时间就是珍惜生命。
我们要遵守时间尊重他人，

走遍天涯顺水顺风又顺心；
我们要老老实实做事做人，
无论何年何月经得起时间的考评。

岁月如镜

(一)
不管是真假善恶,还是是非曲直,
她用的都是一根绳;
不管是帝王将相,还是平民百姓,
她用的都是一面镜。
啊,时光流淌,岁月有情,
该灭的灭,该兴的兴。

(二)
无论是大千世界,还是历史长河,
再复杂的事她分得清;
无论是千秋功过,还是平民心声,
她评的说的最公正。
啊,沧海横流,大浪淘沙,
岁月无言,人心是秤。

光 阴

(一)
大雁飞去,还会回归,
花儿谢了,还会艳美,
可是那逝去的光阴,
永远不会再回。
看着那时针嘀嘀嗒嗒地走过,
我心颤动,我心叹悲。
啊!
人世间太多美好的事情,
唯有光阴最珍贵。

(二)
拥有千金,难免事非,
权倾一时,总有破碎,
只有那风华正茂的花季少年,
令我羡慕加倍。

望着那昼夜不舍的东流水，
我自醒悟，我自惭愧。
啊！
人世间太多美好的向往，
挽住光阴从头追。

往日情怀

(一)

一张发黄的照片,
勾起我美好的回忆。
一壶陈年老酒,
它的醇香让我醉在梦里。
那间祖传的小屋,
我感觉它比皇宫还美丽。
门前那口古井,
流淌着童话般的神秘。
啊!
难道今天不好吗?
为什么我总爱回忆往昔。

(二)

一首古老的歌谣,
让我回忆更入迷。

一段初恋情缘,
它的故事让我忍不住哭泣。
那条熟悉的小路,
我感觉它比红地毯还亮丽。
路边那棵榕树,
刻下了海誓山盟的心语。
啊!
回忆真的很美,
往日情怀平添了丝丝甜蜜。

往事不堪回首

小路弯弯我往前走,
往事悠悠不堪回首。
甜美的梦是那样短暂,
只见青山依旧水长流;
欢乐的宴席已经散去,
令人回味的是那醇香的酒;
痴情的她今在何方?
唯有记忆缠绕心头。

小路弯弯我继续走,
往事悠悠不堪回首。
从前的事仿佛就在昨天,
可是岁月无情染白了头;
相聚的时光一去不返,
寂寞的人儿独自在西楼;
知心的人天各一方,

世事难料泪自流。

啊，美好的期望总是错位，
何必懊悔何必深究！
人生本来就这样匆匆，
何必叹息何必空愁！

老照片

多少往事早已朦胧一片,
唯有那发黄的老照片把往事再现。

看到那天真傻笑的童年,
仿佛又回到了降临人世的原点;
看到那纯洁无瑕的少年,
仿佛又回到了书声琅琅的校园。

看到爸爸那勤劳朴实的容颜,
那就是我后来做人做事的信念;
看到妈妈那脸上深深的皱纹,
我知道那就是最无私的奉献。

啊!时间飞逝星移斗转,
往事悠悠是那么久远,
唯有那最珍贵的老照片,
常常勾起我无限美好的思念。

激情燃烧的岁月

（一）
那年月，我们吃的饭菜很简单，
却每天都是乐呵呵；
那年月，我们住的房子很简陋，
却一觉睡到月亮落；
那年月，我们出门骑单车，
却一路走来一路歌。
啊！
那是激情燃烧的岁月，
人人心中都有一团火，
争当革命的螺丝钉，
不图享受讲奋斗。

（二）
多年后，我们爱唱那激情的红歌，
边唱边和热泪流；

多年后，我们爱看那淳朴的老照片，
当年艰苦朴素的画面在闪烁；
多年后，我们爱讲那学雷锋的故事，
仿佛又回到无怨无悔的年头。
啊！
那是激情燃烧的岁月，
毛主席的话儿记心窝。
浑身是劲齐上阵，
努力建设新中国。

绿色生活比蜜甜

当我推开窗门,
一座座青山望不到边,
一片片绿叶随风飘动,
好像是小孩天真的笑脸。

当我推开窗门,
弯弯的小河流向山川,
河面上泛起层层绿波,
好像是姑娘在弹奏琴弦。

当我推开窗门,
一朵朵白云漫步在蓝天,
阵阵清风抚摸着我的脸庞,
好像是美酒醉了心田。

啊,我每天都喜欢推开窗门,
感受着青山绿水清风蓝天,
风沙弥漫的日子早已过去,
绿色生活比蜜还甜。

我要出门看世界

天之尽头又见皓月星辰,
大洋彼岸又是风光迷人,
星罗棋布的地球村啊,
居住着不同肤色不同言语的人群。
这个世界太精彩,
看不够来说不尽,
我要出门看世界,
不留遗憾到黄昏。

原始森林像一本难懂的天书,
千年古堡诉说着伟大的先祖,
地球村里的追梦人啊,
描绘着人类文明多姿多彩的美图。
这个世界太神奇,
何不趁早去阅读,
我要出门看世界,
快乐人生在旅途。

城市美容师

东方露出一道霞光,
他们在为我们的城市美容梳妆,
有的修剪枝叶,
有的种植花冠,
有的清扫街道,
有的疏通管网。
人们漫步在大街小巷,
仿佛走进美丽的画廊。

夕阳西下满天霞光,
他们还在为我们的城市美容梳妆,
他们汗流浃背,
却是笑声朗朗,
他们精细打理,
就像绣花一样。
人们生活在这座城市,
仿佛住在美丽的天堂。

母亲颂

(一)

你是美丽的象征,
你的美丽化作我文明的言行;
你是善良的种子,
你的善良变成我一生的真诚;
你是聪颖的园丁,
你的聪颖教给我自强的本领。
啊,母亲!
多么平凡而又伟大的母亲,
是你给了我生命和美好的心灵!

(二)

你是慈爱的源泉,
你的慈爱播撒着人间的真情;
你像勤劳的蜜蜂,
你的勤劳编织着幸福的梦境;

你是最无私的人啊,
你的无私谱写着至善至美的人性。
啊,母亲!
多么慈祥而又尊敬的母亲,
你的生命在延伸品格照子孙!

思念母校

(一)

多少往事已云散烟消,
却常常想起我的母校。
校园里柳絮悠悠情意长,
嬉戏在青青河边草;
花丛中闪动着同学们的笑脸,
就像那蝴蝶纷飞欲比高。
同桌的你如今在何方?
那朦胧的爱还在心头缠绕。
别来无恙吗?
亲爱的母校,
你是我心中不老的歌谣。

(二)

多少往事已云散烟消,
却常常想起我的母校。

教室里温习功课静悄悄,
操场上比拼竞风骚;
你曾说山外有山楼外有楼,
要学那芝麻开花节节高。
老师的话儿语重心长,
那句句都是苦口良药。
别来无恙吗?
亲爱的母校,
你是我心中不老的歌谣。

老师之恩

(一)

尽管我天南海北已走遍,
您还是在那乡村小学任教员。
每当我回想起那启蒙的第一课,
我的心总是感慨万千。
你手把手教我们识字习文,
你娓娓地讲述着七彩人生,
你打开了我们心灵的窗户,
你拨响了我们童年的琴弦。
啊!
世上事最难忘是父母情,
还有那老师之恩。

(二)

虽然您已经步入花甲之年,
我也是白发染上了鬓边。

每当我回想起那坎坷的人生路，
我的心总是浮想联翩。
你的教诲常在我耳边回响，
你的品格是我力量的源泉，
你用那一生的光和热，
培育起满山的桃李红艳艳。
啊！
世上事最难忘是父母情，
还有那老师之恩。

我的家园

(一)

白云深处山水间,
有我可爱的家园。
虽说她是那么遥远,
但她时刻都在我心间。
虽说她有些贫寒,
但我对她的情意无限。
啊,家园,可爱的家园,
是你带给我甜蜜的思念!

(二)

江之尽头大海边,
有我美丽的家园。
尽管我少小离家门,
但乡音乡情无改变。
尽管家乡面貌日日新,

但儿时的印象犹可见。
啊,家园,美丽的家园,
你的情意温暖着我一生!

故园之恋

(一)

我与你离得很远很远,
远在大海那一边;
我与你分别很久很久,
分别时正当花季少年。
家乡的山啊家乡的水,
一座座一弯弯时刻闪现在眼前;
儿时的童趣儿时的梦,
一幕幕一帘帘仿佛就在昨天。
啊,故园,我的故园,
离你越远越是把你思念,
分别越久越想回到你身边。

(二)

我已经离你越来越近,
我将启程回故园;

我与你重逢很快很快,
归心似箭箭在弦。
家乡的父老今安在?
那一个个善良的面孔铭刻在心间;
儿时的伙伴还好吗?
那一张张熟悉的笑脸清晰可见。
啊,故园,我的故园,
最美好的人生是我的童年,
最美丽的地方是我的故园。

思念是一个美丽的梦

(一)

我们曾经漫步在绿树丛中,
而今青山依旧人无踪,
我们曾经漂流在波谷浪峰,
而今溪水长流影朦胧。
啊,亲爱的朋友你在何方?
当年一别今生难相逢。

(二)

我们曾经相聚红楼谈笑风生,
而今故友不见楼已空;
我们曾经同窗共读情意浓,
而今书声琅琅人不同。
啊,亲爱的朋友你想我吗?
思念是一个美丽的梦。

武冈,我的家乡

(一)
茫茫云山耸立云端,
弯弯的资江静静流淌,
蜿蜒的城墙诉说着传奇,
巍巍东塔守护着大地的安康。
千年古城,美丽武冈,
那里就是生我养我的故乡,
无论我走到什么地方,
我总是把你深情地向往。

(二)
层层梯田稻花飘香,
满山的脐橙一片金黄,
老街的特产丰富多彩,
美味卤菜任你品尝。
乡音难改,乡愁难忘,

那里有我时刻牵挂的爹娘；
无论我漂泊到哪年哪月，
我的心永远连着家乡。

回家的感觉真好

(一)
夕阳西下,百鸟归巢,
忙碌的人儿回家了。
全家老小席地而坐,
品尝着自家的美味佳肴;
茶余饭后有说有笑,
家的温馨洗去了一天的疲劳。
回家的感觉真好,
其乐融融无法言表,
但愿今晚做个好梦,
明天又要启程赶早。

(二)
月儿弯弯,炊烟袅袅,
久别的人儿回家了。
几代同堂举杯畅饮,

衷心祝愿长辈白头到老。
浪迹天涯心归何处？
家的牵挂忘却了往日的烦恼。
外面的世界虽精彩，
天伦之乐无法比较，
普天之下凡人有家，
人间亲情魂牵梦绕。

真爱只有一次

(一)
哪怕荆刺丛生,花儿总是要开,
哪怕素不相识,总会走到一块。
其中因缘说不清来道不白,
只有慢慢地寻觅,慢慢地等待。
啊!真爱只有一次,
缘分来了就不要徘徊。

(二)
甜蜜的梦儿为什么容易醒来?
甜蜜的果子为什么容易变坏?
其中因缘说不清来道不白,
只有悄悄地回忆那曾经拥有的爱。
啊,真爱你在哪里?
缘分走了就不会再来。

结伴同行

(一)

是天意还是缘分,
人生路上你我结伴同行。
虽说山高水长,
你我从容攀登;
哪怕风雨常注,
你我信步闲庭。
路有坎坷,爱更甜蜜,
岁月流逝,爱更深沉。
啊,手拉着手,心贴着心,
走过一程又一程。

(二)

是天意还是缘分,
人生路上你我结伴同行。
纵有悲欢离合,

彼此心心相印；
莫道人生苦短，
你我今生有幸。
昨日恋情，刻骨铭心，
爱情不老，永远年轻。
你伴着我，我伴着你，
走过黎明到晚晴。

唯一的思念

(一)

也许我走到天涯海角,

我想念的只有你;

也许我走到生命的尽头,

我牵挂的还是你;

你是我思念中的唯一,

无尽的思念带给我无尽的甜蜜。

(二)

哪怕是云遮雾障,

我也能够看见你;

哪怕是你告别了红尘,

我将深深地怀念你;

你是我生命中的阳光,

你的爱永远滋润着我的心。

真情无价

(一)

岁月无情,往事如烟,
惟有真情唱千年。
人生难得遇知己,
知己更难是红颜。
地久天长人匆匆,
觅得真爱总有缘。
君有一段生死情,
不枉此生到人间。

(二)

花开花落,月缺月圆,
惟有真情永不变。
红颜知己长相思,
天上人间心相连。
世上真爱知多少?

千古绝唱有几篇！
黄金有价情无价，
一曲真情永相传。

桃花水

(一)

春天桃花开,

春水小河流。

桃花红艳艳,

春水清悠悠。

我是桃花枝头笑,

你是春水歌不休。

桃花春水两相望,

看也看不够。

(二)

春天桃花开,

春水小河流。

桃花随君意,

飘落在江头。

你是春水胸怀宽,

我是桃花多温柔。
桃花春水向东去,
永远不分手。

心中的花

(一)

一束花,一束美丽的花,
当她含苞欲放,你已悄悄地出发。
一束花,一束美丽的花,
花瓣上的露珠,是她想你的泪花。
美丽的花,心中的花,
世上谁人不爱她,
美丽的花,心中的花,
岁岁为你吐芳华。

(二)

一束花,一束美丽的花,
当你远在天涯,是否也会想起她?
一束花,一束美丽的花,
时刻把你牵挂,远方的你知道吗?
美丽的花,心中的花,

为你诉说知心话。
美丽的花，心中的花，
永远伴君走天涯。

总有一天

(一)
我的爸爸是北方人,
我的妈妈是南方人。
他的爸爸是东方人,
他的妈妈是西方人。
他们本来相隔千里万里,
后来走进了同一个地球村。
因为有缘他们相识相恋,
因为有爱陌生人成了有情人。

(二)
我的孩子像欧美人,
他的孩子像非洲人。
我的邻居是阿拉伯人,
他的街坊是印第安人。
我们的生活习俗各不相同,

后来成了地球村的快乐公民。
不管岁月还有多长,
总有一天世上人都是一家亲。

美丽的女郎

(一)
自从见到了你,
我的心就乱纷纷,
早也想你,
晚也想你,
越想越觉心甜蜜。
你像一朵茉莉花,
清香四溢耐人品。
那天你从街上过,
多少双眼睛投向你。
我要衷心地祝福你,
你是世上最幸福的人。

(二)
自从见到了你,
你就勾去了我的魂,

梦中想你，
醒来想你，
总是不见你的倩影。
你像一团冬天的火，
点燃了多少冰冷的心。
只要你从哪里过，
铁石心肠也要起波纹。
我要轻轻地骂一声你，
你是最会折磨人的人。

婚礼欢歌

锣鼓喧天鞭炮响,
张灯结彩喜洋洋;
一对新人手挽手,
喜结良缘入殿堂;
亲朋好友来相贺,
爸妈难舍泪汪汪;
今天是个好日子,
今生今世永不忘。

大红喜字高高挂,
欢歌漫舞唱吉祥;
新郎新娘心贴心,
良辰美景拜高堂;
感谢父母养育恩,
再谢亲朋情意长;

白头偕老天作证,
美丽人生永相伴。

我爱广场舞

(一)

音乐响起来,

歌声飞起来,

踏着节拍跳起来,

大嫂大妈笑开怀。

从城市到乡村,

从平地到舞台,

到处在跳广场舞,

就像春天百花开。

(二)

手随音乐摆,

脚伴歌声踩,

轻歌曼舞飘起来,

大嫂大妈真风采。

我爱广场舞,

健身又愉快,
夕阳无限美,
幸福新时代。

黄昏唱晚

(一)
我站在高山之巅
看夕阳西下,晚霞红满天。
气势多雄伟,色彩多斑斓。
像烈火一样地燃烧,
像春花一样地斗妍。
啊!
不是朝霞,又似朝霞。
它把太阳的余晖洒向大地,
它给人们留下美丽的思念!

(二)
我站在高山之巅,
抬头观晚霞,低头思人生,
青春闪闪光,壮年是中坚。
人到晚年近黄昏,

余热未尽怎么办?
啊!
志士暮年,壮心不已,
要像太阳把余晖无私奉献,
要像晚霞燃烧光辉照人间!

你是一棵不老松

(一)
你生在贫瘠的土地上,
却枝繁叶茂郁郁葱葱;
你长在风沙弥漫的日子里,
却枢干挺直岿然不动;
你活在冰雪寒冷的岁月中,
却撒下的种子绿满山峰。
你是一棵不老松,
越老枝叶越葱茏,
日月星辰绕你转,
百鸟啼鸣把你颂。

(二)
你的脸挂上了丝丝皱纹,
却鹤发童颜尽笑容;
你的腰有些弯了,

却走起路来还是一阵风;
你的手布满了老茧,
却每天还在编织着生活的好梦。
你是一棵不老松,
越老故事越生动,
年遇古稀又一春,
人生最美夕阳红。

回归浪漫

(一)

我们曾经青春烂漫,
可那时在风雨中度过贫寒;
我们曾经激情澎湃,
却把它深深埋在心坎;
我们曾经自由相爱,
可那时天各一方相见难。
啊,回首望,回首看,
人生路上少了浪漫。

(二)

我们虽已鹤发童颜,
可今天是鸟语花香艳阳天;
我们虽说年华无返,
却似乎又回到了纯情少年;
我们深知真情无价,

要好好珍惜那分秒时间。
啊,向前走,向前看,
人生处处有浪漫。

简单很快乐

小时候,快乐很简单,
吹个小气球,从早吹到晚,
打个小陀螺,玩了一圈又一圈,
比拼剪刀布,输赢没个完,
玩个捉迷藏,笑得多灿烂。

老年时,简单很快乐,
门前散散步,高兴出出汗,
一个馒头一碟菜,津津有味吃不厌,
一件旧衣服,穿了一年又一年,
老友聚一起,谈笑风生乐开颜。

啊,健康又快乐,
生活本就很简单。

长寿老人

(一)

她脸上布满了皱纹,
却往事今事记得清;
她的头发雪白了,
却有一双明亮的眼神;
她的背有些驼了,
却手脚灵便很有劲。
啊,山中易找千年树,
世上难寻百岁人,
她就是一颗老寿星,
百年了还是那样亮晶晶。

(二)

她生活在偏僻的小山村,
看青山绿水空气新;
她吃过不知多少苦和累,

但每天总是笑眯眯;
她五世同堂乐融融,
儿孙们个个很孝顺。
啊,山中易找千年树,
世上难寻百岁人,
她就是一颗老寿桃,
百年了还是那样甜蜜蜜。

祝你健康平安

(一)

健康平安,健康平安,
看似很简单,其实不简单。
它是人生坚守的底线,
又是人生追求的永远;
拥有它快快乐乐每一天,
拥有它幸幸福福度一生。
啊!千言万语汇一句,
祝你健康平安,健康平安!

(二)

健康平安,健康平安,
说起来容易,做起来很难。
有的人虽然手握重权,
却廉洁不保遗恨终生;
有的人可以买来金山银山,

却买不来健康平安。

啊!千言万语汇一句,

祝你健康平安,健康平安!

军旅篇

我们守卫在万山群岛

（一）

珠江口外，万山群岛，

像一颗颗明珠熠熠闪耀。

海里鱼虾肥，

岛上花枝俏；

近海有油田，

渔歌随风飘；

特区风光好，

生活步步高。

我们守卫万山群岛无比地自豪。

（二）

珠江口外，万山群岛，

像一座座堡垒屹立前哨。

先烈鲜血染，

后辈来铸造；

军民鱼水情,
守岛又建岛;
钢枪握得紧,
南海长城牢。
我们守卫万山群岛为国立功劳。

海岛,我的第二故乡

(一)

告别家乡山和水,

参军来到海岛上。

家乡的土地养育我长大,

海岛的泉水滋润我心房。

家乡的小河淌着我童年的梦,

海岛的潮涌激起我青春的向往。

家乡的风送我上学校,

海岛的雨伴我去站岗。

啊,海岛,我的第二故乡,

是我锻炼成长的地方。

(二)

告别家乡云和月。

参军来到海岛上。

家乡的小树在海岛扎根,

如今已长成参天栋梁。
家乡的杜鹃在海岛盛开,
映红了蓝天映红了蓝色的海洋。
家乡的喜讯传来海岛,
增添我守岛建岛的力量。
啊,海岛,我的第二故乡,
是我终生难忘的地方。

梦回小岛

有一个海岛很小很小,
涨潮的时候露出一片石礁。
可在共和国的土地上,
她的分量却十分重要。

有一位战士年纪很轻,
上岛的时候与步枪一般高。
他在一次巡逻中光荣牺牲,
从此长眠在这个小岛。

我早已离开这个小岛,
却时刻想起那守岛的暮暮朝朝。
我梦见那空中盘旋的海鸥,
它们在传递着安宁的信号;
我梦见那海边巡逻的小路,
仿佛看见了战友的微笑……

海岛夜歌

(一)

朗朗天上月西斜,

大海沉睡浪儿歇,

渔火点点似繁星,

渔歌声声唱不绝。

啊,恬静的夜,美丽的夜!

海岛战士喜爱这样的良宵夜,

因为祖国人民有个幸福的夜。

(二)

朗朗天上月西斜,

大海沉睡浪儿歇,

渔火点点似繁星,

渔歌声声唱不绝。

啊,恬静的夜,迷人的夜!

海岛战士度过一个个不眠夜,

为了祖国人民长有幸福的夜。

祖国哨兵之歌

(一)

在蓝天,在海洋,在边境,

驻守着祖国年轻的哨兵。

无论是夏日炎炎,

还是寒风凛凛;

无论是欢乐的节日,

还是寂静的黎明;

他们总是那样严守岗位,

注视敌人。

像待发的利箭,

像出击的猎鹰,

哨兵的心啊最忠诚!

(二)

在蓝天,在海洋,在边境,

驻守着祖国年轻的哨兵。

无论是刚刚入伍,

还是即将离营,
无论是风云变幻,
还是歌舞升平;
他们总是那样忠于职守,
百倍警惕。
是伴月的星辰,
是御敌的长城,
哨兵的心啊最忠诚!

水兵之歌

送走昨夜的星辰,
迎来黎明的曙光,
我们的船艇乘风破浪。
我们把战备物资送上海岛,
架起一座海上保障的桥梁。
我们刻苦磨炼航海技术,
随时准备奔赴那杀敌的战场。
啊!当一名水兵责任重大,
保卫着祖国的万里海疆。

冒着呼啸的海风,
冲破奔腾的巨浪,
我们紧握航舵永不迷航。
我们的部队曾经战火考验,
新的时期全面建设再创辉煌。
我们以艇为家团结如钢,

一往无前朝着那党指引的方向。
啊!当一名水兵多么荣耀,
保卫着人民的幸福安康。

南海前哨钢八连连歌

铁再硬,钢再坚,
比不过咱们钢八连。
南征北战不卷刃,
和平年代色不变。
我们战斗在南海前哨,
流血流汗只等闲!

风再大,浪再险,
撼不动咱们钢八连。
保卫特区爱特区,
以岛为家建乐园。
我们战斗在南海前哨,
高唱战歌永向前!

特区模范守备连连歌

（一）
寂寞，算什么！
枯燥，怕什么！
我们是革命的乐观派，
我们有创造的双手。
披荆斩棘，
艰苦奋斗。
荒岛变花园，
数咱最快乐！

（二）
艰苦，算什么！
荒凉，怕什么！
我们是光荣的守岛兵，
我们有坚硬的骨头。
自力更生，

样样富有。
特区多英豪,
数咱最风流!

军营吉他声

(一)

月亮明,军营静,
独闻吉他声声。
时而像马蹄哒哒,
时而似流水行云。
家乡小曲未了,
又起边关情音。
啊!
吉他声声,声声吉他,
弹得战友心共鸣,
如痴如醉入梦境。

(二)

月亮明,军营静,
独闻吉他声声,
时而像刀剑叮当,

时而似百鸟啼鸣。
军旅生活严峻,
却有快乐时辰。
啊!
吉他声声,声声吉他,
奏出战士心中情,
乐在天涯守国门。

战友情深

回首往事，刻骨铭心有几件？
战友情深，仿佛就在昨天。

想当年，同睡一个铺，同吃一锅饭，
五湖四海共枕眠；
一起学文化，一起去操练，
亲密无间似孪生。

最难忘，并肩去抢险，并肩上前线，
生死关头勇当先；
待到凯旋归，班长已长眠，
军营无声泪满面。

啊，但愿战友常思念，
一往情深到永远！

双拥之歌

（一）
珠江水，南海浪，
难分难舍奔大洋；
子弟兵和老百姓，
鱼水相依情谊长；
万山海战齐上阵，
军民浴血战旗扬；
同守共建数十载，
风雨同舟斗志昂。
军民团结一条心，
南海长城坚如钢。

（二）
凤凰山，伶仃洋，
山水相连好风光；
老百姓和子弟兵，

亲如一家心向党；
建设特区立新功，
齐心合力守海疆；
双拥共建是模范，
美丽珠海更辉煌。
军爱民，民拥军，
人民江山万年长。

战士,伟大的名字

(一)

战士,伟大的名字,

提起你,多少人歌唱,多少人传颂!

你用生命捍卫着祖国的尊严,

你用青春换来人民的安宁。

哪里最危险哪里就有你的身影,

哪里最艰苦哪里就有你的行踪。

啊,战士,你那伟大的名字,

永远回荡在大地长空!

(二)

战士,崇高的名字,

提起你,多少人流泪,多少人激动!

你的心灵像白玉般纯洁,

你的形象如青山一样高耸。

哪里有幸福哪里就有你的奉献,

哪里有胜利哪里就有你的笑容。
啊,战士,你那崇高的名字,
永远铭刻在人们的心中!

再为军旗添风采

(一)
你从北疆的哨所归来,
带着雄健的风采。
我从南海的小岛归来,
有着大海般的胸怀。
他从硝烟弥漫的战场归来,
胸前的军功章放光彩。
我们当年走进军营步伐豪迈,
我们今天解甲还乡,
依然是豪情满怀。
战友啊战友!
为军人的历史干一杯,
祝愿祖国春常在。

(二)
你曾在万里蓝天把岗站,

风雪雷雨脚下踩。
我曾在祖国的领海护航,
云里雾里把路开。
他曾在茫茫的草原巡逻,
冬去春来十几载。
我们曾经转战南北血火考验,
我们今天转移阵地,
建设祖国的未来。
战友啊战友!
为军人的荣耀歌唱吧,
再为军旗添风采。

珠海篇

珠海美

(一)
山青青,海蓝蓝,
一片新城山水间。
楼宇各千秋,
花木红烂漫,
道路长又宽,
沙滩弯又弯,
海天明如镜,
空气多清甜。
啊!
人说海市蜃楼美,
珠海景色更好看。

(二)
月朗朗,星灿灿,
一片银河落人间。

城里万家灯，
水中灯万盏，
小岛连百座，
渔灯望无边，
南海夜明珠，
照亮半边天。
啊！
为了珠海更美丽，
人人都把光彩添。

百岛之市

(一)
珠江口,波连波,
岛屿棋布望不透。
岛上花果香,
岸边起高楼,
海里鱼虾肥,
海底遍石油,
空中海鸥翔,
浪尖飞渔舟。
啊,百岛之市珠海美,
百花园中你独秀。

(二)
珠江口,波连波,
岛屿棋布望不透。
岛是卫星城,

中心在香洲,
百凤朝阳飞,
海阔竞自由,
特区正腾飞,
凯歌频频奏。
啊,百岛之市珠海美,
百花园中你独秀。

南海明珠

（一）

滔滔南海边、浩浩珠江口，
崛起一座美丽的城阁。
十里长街灯成龙，
亭台楼宇各千秋。
港口商船穿梭忙，
碧空银燕频频落。
浪拍金滩游人醉，
宾朋如潮车如流。
啊！珠海，新生的城，年轻的城，
您像一颗明珠熠熠闪烁！

（二）

滔滔南海边、浩浩珠江口，
崛起一座美丽的城阁。
昔有英烈传佳篇，

今有后辈来开拓。
改革开放东风起,
荒山野岭铺锦绣。
天变地变人亦变,
特区精神谱新歌。
啊!珠海,新生的城,年轻的城,
您像一颗明珠永远闪烁!

珠海的勒杜鹃

(一)

在阳台,在窗前,
盛开着朵朵勒杜鹃。
枝叶碧如玉,
花儿红艳艳,
她把美丽送进千家万户,
她把清香洒向人们的心田。
啊,我爱你,勒杜鹃!
你扎根珠海曾几何时,
而今是每个角落都已开遍。

(二)

在海滨,在高山,
盛开着朵朵勒杜鹃。
枝叶随风舞,
花儿笑开颜,

她为珠海的腾飞而怒放,
她为开拓者的足迹献花环。
啊,我爱你,勒杜鹃!
你伴随我们艰苦创业,
让我们一起装扮海滨花园。

珠海的灯

（一）
珠江口，南海滨，
有座美丽的不夜城。
夜幕徐徐降，
华灯渐渐明；
长街灯成龙，
楼宇灯似萤；
海滨灯朦胧，
碧波映灯影；
浪上渔灯忽闪闪，
一片灯海望不尽。
啊，珠海呀珠海，
你像一颗闪亮的星！

（二）
我赞美，珠海的灯，

更赞美那特区人。

人把灯点亮,

灯给人光明;

灯下绘新图,

特区日日新;

灯下尽欢笑,

人觉更年轻;

灯是特区人智慧之光,

灯是特区人火热的心。

啊,珠海呀珠海,

你是一颗新升的星!

幸福珠海人

（一）
山清水秀空气新，
绿树红花映楼群，
闹中取静随君意，
一年四季好舒心。
啊，走遍东南西北中，
还是珠海最宜人。

（二）
你是特区开荒牛，
我是后来新移民，
忙里偷闲聚一起，
五湖四海共佳音。
啊，阅尽当今多少事，
幸福还是珠海人。

珠海,中国之窗

(一)
地邻澳门,水连香港,
珠海,你是中国之窗。
从这里吹来世界的风,
从这里漂来大洋彼岸的浪,
各方朋友在这里相聚,
万千信息在这里汇成海洋。
我们开拓了视野,充实了力量,
我们走向世界,走向兴旺。
啊,珠海啊珠海,
您是希望之窗!

(二)
路通五洲,水达四洋,
珠海,你是中国之窗。
这里是世界的融合点,

这里是播种文明幸福的地方。
古老文化在这里新生,
现代文明在这里焕发光芒。
我们建设特区,建设乐园,
我们走向未来,走向富强。
啊,珠海啊珠海,
您是兴旺之窗!

珠海——澳门

(一)

山水两相依,
陆路紧相连。
咫尺隔天涯,
相望难相见。
多少两地梦,
盼望月儿圆。
啊!
珠海——澳门,
多少两地梦,
盼望月儿圆。

(二)

共饮一江水,
共听雄鸡鸣。
同胞骨肉情,

本是同根生。
造福为子孙,
两地共繁荣。
啊!
澳门——珠海,
造福为子孙,
两地共繁荣。

珠海之歌

(一)

我们从四面八方走来,
建设特区豪情满怀。
虽然没有现成的蓝图,
我们有信心自己剪裁。
精心描画,创造未来,
把边陲小镇重安排。
铺路架桥,移山填海,
层层高楼盖起来。
我们团结一心,努力拼搏,
建设美丽的新珠海。

(二)

我们从四面八方走来,
建设特区豪情满怀。
虽然没有现成的道路,

我们有力量自己开采。
对外开放,对内联合,
走改革之路步伐豪迈。
勇攀高峰,走向世界,
南海明珠放光彩。
我们团结一心,努力拼搏,
建设美丽的新珠海。

我们疍家人

往日疍家人,
一条破船度光阴,
四海漂泊去打鱼,
归来泪满巾。

今日疍家人,
家家户户住豪庭,
沙田变成聚宝盆,
年年喜盈盈。

明日疍家人,
沧海桑田建新城,
洗脚上田当商家,
生活更甜蜜。

我们疍家人，
祖祖辈辈苦难深，
今天赶上好时代，
梦想成了真。

伶仃洋

说起那伶仃洋,
你可想起南宋英雄文天祥,
壮志未酬终身恨,
千古绝唱叹断肠。

唱起那伶仃洋,
怎能忘记解放万山群岛好儿郎,
桂山勇士铸忠魂,
血染战旗威名扬。

今天的伶仃洋,
看不够那如诗如画的好风光,
碧海蓝天无纤尘,
百岛争艳任飞翔。

来到了伶仃洋,
听不够那如颂如歌的新气象,
渔家生活步步高,
海岛风情醉心房。

啊,伶仃洋,伶仃洋,
你有神奇的传说,悲壮的篇章!
啊,伶仃洋,伶仃洋,
你有浪漫的故事,欢乐的乐章!

浪漫之漂

（一）
银色的月亮高高地照，
晶莹的星星露出微笑，
凉爽的风儿徐徐吹来，
多情的海浪轻轻地摇。
啊，我们今夜来浪漫之漂，
酒不醉人心醉了。
早已忘却了往日的辛劳，
情不自禁地唱起歌谣。
伴着音乐翩翩起舞，
满船欢笑逐浪高。

（二）
神秘的霓虹灯来回闪耀，
夜幕下的恋人话语悄悄，
远处的小岛忽隐忽现，

悦耳的渔歌随风而飘。
啊，我们今夜来浪漫之漂，
仿佛梦中任逍遥。
平日里挥不去琐事烦恼，
今夜的心情特别的好。
人生难得几回梦，
何日再来浪漫之漂？

相会在珠海

(一)

月亮从海上升起来,
星星从云层里钻出来,
清风从海那边吹过来,
夜来香从花蕊中溢出来。
啊,亲爱的朋友,
我们有缘相会在珠海。
快把美酒端起来,
快把金果捧出来,
快把歌喉亮开来,
快把舞步旋起来,
让我们珍惜这美好的时光,
尽情地歌唱尽情地爱。

(二)

歌声从心窝里飞出来,

掌声已哗哗地响起来，
知心的话儿说开来，
晶莹的泪花涌出来。
啊，亲爱的朋友，
我们有缘相会在珠海。
种下一棵相思树，
播下友谊花常开，
留下一张合影照，
走到天涯难忘怀。
让我们记住这美好的时光，
我们曾经相会在珠海。

行业篇

白衣天使

(一)
洁白的衣裙,
洁白的心灵,
像天上爱神已降临。
没有痛苦,没有呻吟,
心中只有你洒的温馨。
啊!白衣天使,
普天下病中人,
永远永远离不开你!

(二)
花一样的笑脸,
小鸟似的声音,
让静静病房四季春。
不觉寂寞,不觉烦闷,
心中荡起生活的激情。

啊！白衣天使，
普天下病中人，
永远永远忘不了你！

春暖万家

——建筑工人之歌

（一）

摘下千万朵七彩云霞，
采集千万棵绿树红花；
引来异国风情种种，
融和中华经典文化。
我们精心雕琢描绘，
建起一座座漂亮的大厦。
啊，建筑工人用满腔的情和爱，
化作春风暖万家。

（二）

登上高高的脚手铁架，
何惧日晒雨淋风沙打；
双手布满厚厚的老茧，
小小工棚是我家。
新的花园刚刚落成，

明天又要准备出发。

啊,建筑工人把所有的光和热,

装点大地美如画。

公汽工人之歌

（一）
送走最后的一颗星星，
迎来最早的一线霞光，
我们驾驶着公共汽车，
奔驰在那繁忙的大街上。
海风为我们擦去汗珠，
花儿为我们竞相开放。
多少人在向我们招手，
多少双眼睛在把我们盼望。
啊，朋友呵朋友，请上车吧，
我一定把你送到那要去的地方。

（二）
送走秋冬的一夜风雨，
迎来春夏的一轮骄阳，
我们驾驶着公共汽车，

奔驰在那繁忙的大街上。
车辆滚滚不停地飞奔,
喇叭声声不倦地歌唱。
多少次上上下下你来我往,
多少人把焦虑化作微笑的目光。
啊,朋友呵朋友,请放心吧,
坐上我们的汽车包你一路顺畅。

神奇的手
——水质净化工人之歌

（一）
不再见大路小路污水流，
不再闻大街小巷空气浊。
今只见空气清新醉游人，
满城春色花木秀。
啊！
只因有只神奇的手，
她把污水变清流。
清流滋润草木新，
自然美景不胜收。

（二）
不再见大河小沟污水稠，
不再闻大厂小厂废气臭。
今只见山清水秀天明净，
人面桃花乐悠悠。

啊！
只因有只神奇的手，
她把污水变清流。
水净工人勤工作，
换得众人画中走。

百货颂歌

你说她像美丽的花园,
我说她比花园还要漂亮;
你说她像神奇的宫殿,
我说她比宫殿更加堂皇。
多少人带着希望而来,微笑而去,
多少人在这里流连忘返,如愿以偿。
啊,这是什么地方?
这就是珠海的百货广场。
啊,她像一朵鲜艳的百合花,
在特区的土地上怒放!

你说我像一朵小花,
但是我比小花开得芬芳;
你说我像一棵小草,
但是我比小草更放清香。
我要把爱心献给你们,我的上帝,

我要把真诚铭记心上,永远不忘。
啊,这是什么精神?
这就是百货人的追求向往。
她像一曲动人的歌谣,
在千百万人的心中传唱。

湘商颂

从洞庭湖畔,湘江岸边,
走出来一群秀女好儿男,
他们为了梦想,远走高飞,
带着父老乡亲的期盼。
他们从打工干起,流了眼泪流血汗;
一路披荆斩棘,闯出商海一片天。
湘商,湘商,三湘的好后代,
商海弄潮争奇斗艳;
湘商,湘商,时代的栋梁,
振兴中华谱新篇。

从岳麓山下,桃花江头,
走出来一群秀女好儿男,
他们扎根异乡,和睦相处,
开创了又一个美好家园。
他们沐浴着春风,迎着大潮去扬帆;

传承湖湘才智,绘出亮丽的风景线。
湘商,湘商,三湘的好后代,
商海弄潮争奇斗艳;
湘商,湘商,时代的栋梁,
振兴中华谱新篇。

曲谱篇

世纪钟声
（男高音独唱）

肖时照 词
王佑贵 曲

1=F 4/4

（合唱）啊……啊……啊……

月亮告诉星星，太阳也告诉星星，新世纪的曙光
大地响起钟声，蓝天也响起钟声，钟声迎来新世纪
已经来临，已经来临。大海告诉昆仑，高山也告诉昆仑，
灿烂的黎明，灿烂的黎明。老人告诉儿孙，儿孙会告诉后人，
这是一个神圣的好时辰，神圣的好时辰，啊，千年一遇，
有谁听过那神圣的古钟声，神圣的古钟声，
百年一回，我们是那历史的见证，啊，千年一遇，
我们是那历史的传人，
百年一回，我们是那幸运之神 我们是那幸运

结束句
之神（啊）幸运之神。

九九回归

肖时照 词
王佑贵 曲

1=♭E $\frac{4}{4}$

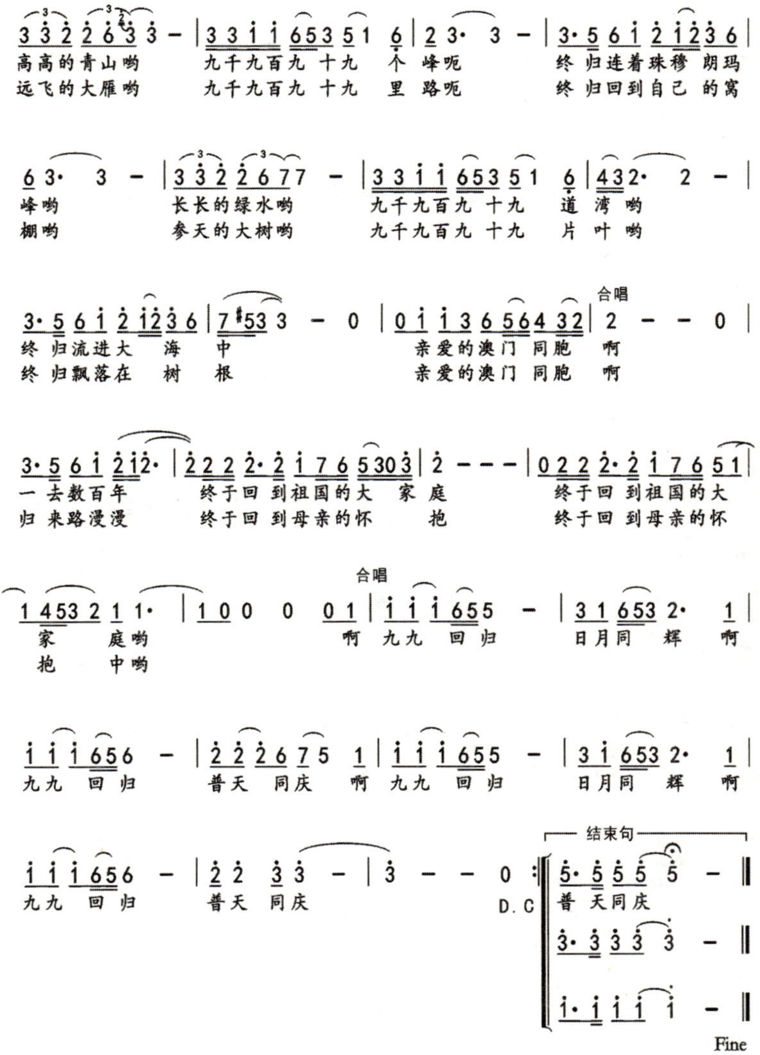

欢乐山寨

1= F $\frac{4}{4}$ ♩=128

时照、福民 词
李 需 民 曲

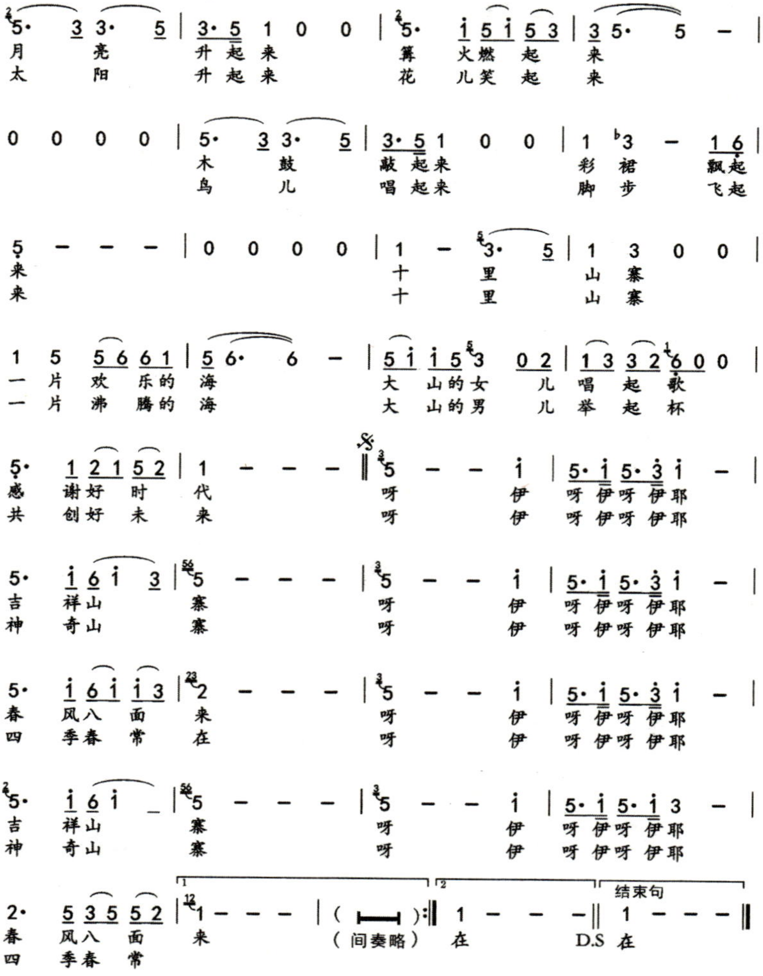

和睦家园

（女声独唱）

1= C $\frac{2}{4}$

热情、舒展地

肖时照 词

刘 钢 曲

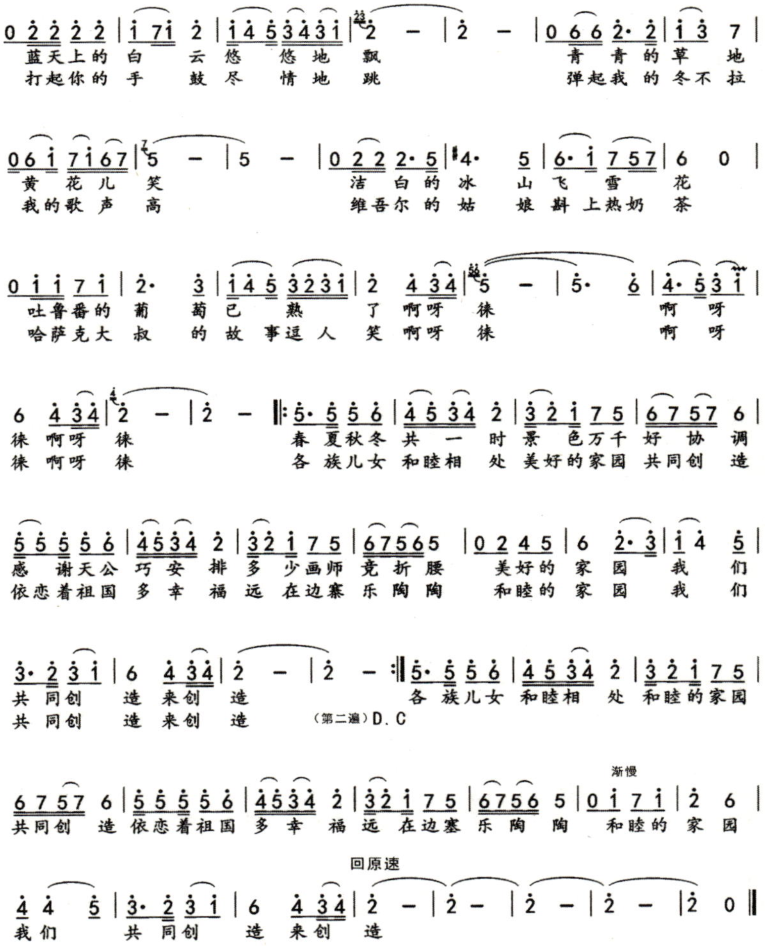

谢谢您，祖国母亲

肖时照 词
唐孟冲 曲

1=C 4/4

(3 - - 2 3 5 1 | 2 - - 2 3 5 1 | 1 - - - | 2 - - 2 7 1 2 ‖: 3 6 7 1 3 6 | 5 - 5 3 5 6 |

7 6 6 5 5 4 4 3 | 6 5 5 4 4 3 3 1 | 2 - - 6 | 5 - -) 0 3 | 5 5 0 6 5 5　0 |
　　　　　　　　　　　　　　　　　　　　　　　　　　　　　我曾在天涯
　　　　　　　　　　　　　　　　　　　　　　　　　　　　　我常在天涯

3 3 0 2 1 3　0 | 6·6 6 5 6　0 3 | 5 5 0 6 5 5　0 3 | 6 6 0 1 6 6　0 |
独自飘零　　　是您抚平了　　我孤独的心　　我曾在他乡
匆匆穿行　　　到处投来了　　友善的眼神　　我常在他乡

5 5 0 2 3　0 | 6 6 6 1 2　0 | 7 7·2 2 5 5·　3 | 5 5 0 6 5 5　0 |
苦苦追寻　　　是您给了我　　浑身一股劲　　我曾在异邦
结识新朋　　　到处可闻　　赞美您的声音　　我自豪有您

3 3·2 1 3　0 | 6 6 6 1 2 0 5 5 | 3 3 3 - | 3 - - 3 5 | 3 3·2 1　6 1 |
遇上不平事　　是您为我把　正义伸　　　　哦谢谢您祖国
这样的靠山　　我骄傲我是中国人　‖: 哦谢谢您祖国

2 3 3 6 5 - | 1 0 1 3 2 2 3 5 | 6 6 3 3 2 1 2·2 5 | 3 3·2 1　6 1 |
母　　亲　　谢谢您护佑着　每一个炎黄子孙　哦谢谢您祖国
母　　亲　　谢谢您为我们　带来了美好佳音　哦谢谢您祖国

2 3 3 6 5 - | 1 0 1 3 2 2 3 5 | 6 6 3 3 2 1 2·2 5 | 5 - - 6 5 6 5 |
母　　亲　　谢谢您护佑着　每一个炎黄子孙　呕呕　　呕呕呕呕
母　　亲　　谢谢您为我们　带来了美好佳音 :‖ 呕呕　　呕呕呕呕

　　　　　　　　　　　　　　　　　　　　　　　　1.p　　　　　　　2.　结束句
5 - - 0 5 5 | 5 3 3 - 0 6 | 1 - - - :‖ 5 3 3 - 0 6 | 1 - - - ‖
　　　　我的祖国　　母　亲　　　　祖国　　母　亲
　　　　我的

196

今朝辉煌

（女声独唱）

1= F $\frac{4}{4}$ $\frac{6}{4}$

有气势地

肖时照 词
周志勇 曲

（合唱）

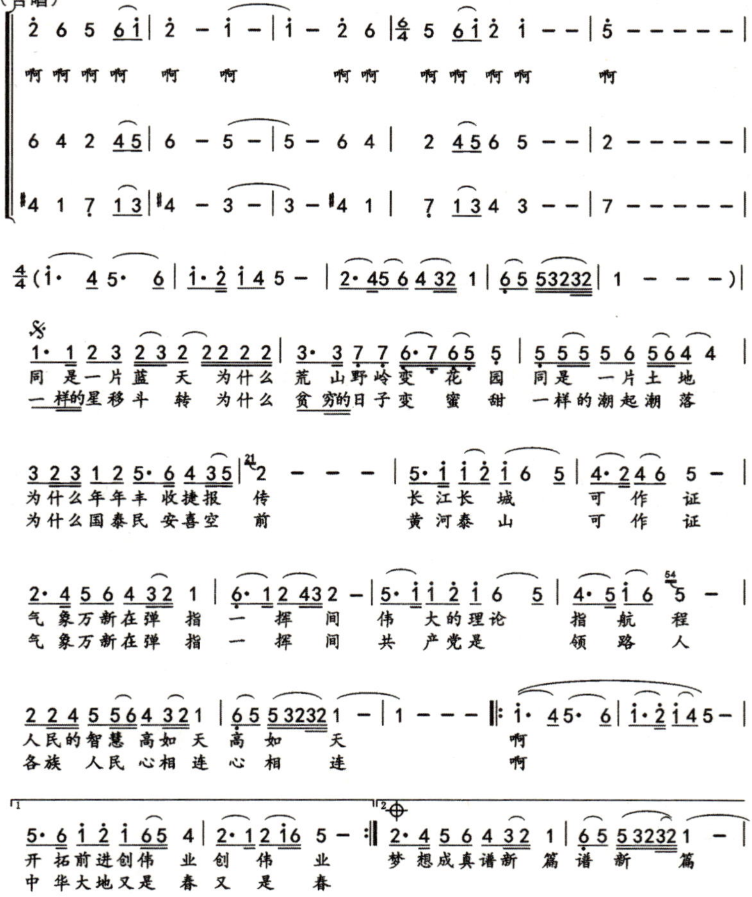

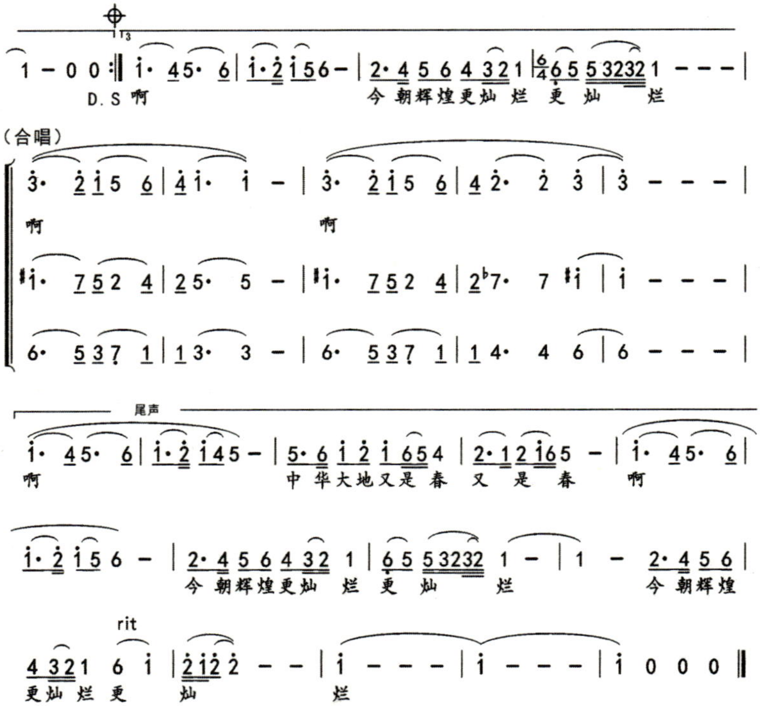
D.S 啊
今朝辉煌更灿烂 更灿烂
（合唱）
啊
啊
尾声
啊
中华大地又是春 又是春 啊
今朝辉煌更灿烂 更灿烂
今朝辉煌
rit
更灿烂更灿烂

何时月儿圆
——台湾同胞之声
（女声独唱）

肖时照 词
孟冲、谢芳 曲

$1=\flat B$ $\frac{4}{4}$
深情地 每分钟56拍

人民法官之歌

肖时照 词
郑秋枫 曲

1=F 4/4
正气、豪迈地

心向国徽 胸佩天平 代表国家高悬明镜
心向国徽 胸佩天平 一身正气两袖清风

把是非曲直来评断 让真假善恶辨得清
为不平之事举正义 与妖魔鬼怪作斗争

秉公执法是我们的天职 人民法官爱人民
刚直不阿是我们的品格 神圣的天平永不倾

人民法官爱人民
神圣的天平永不倾

神圣的天平永不倾

正义之神

七集电视连续剧《法证》主题歌

肖时照 词
蓝程宝 曲

1= C $\frac{4}{4}$

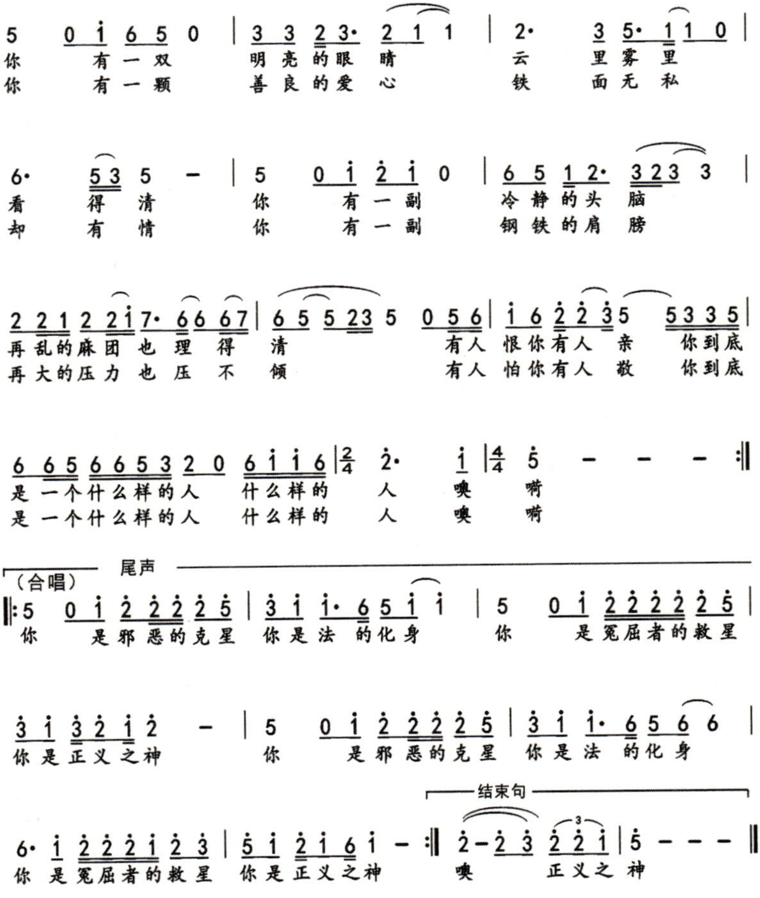

岁寒三友
(女声独唱)

肖时照 词
孟庆云 曲

1=E 4/4
圣洁地 每分钟66拍

冰封霜染大雪飞 唯见悬崖松竹梅 万木凋零百花残
大千世界无限美 唯有喜爱松竹梅 冰清玉洁昂首立

红梅盛开松竹翠 高天严寒镇不住清香四溢令人醉 啊
任你雪乱西风吹 待到春来花开时默默无言渐隐退 啊

岁寒三友千古颂

风范长留 风范长留 长留在心扉

诚信之歌

流行唱法（女声独唱）

肖时照 词
毛世华 曲

1=♭E 4/4

亲切美好、爽朗明快地 ♩=60

5 1 1 1 | 1 1 2 1 | 2 2 5 3 | 3 — | 6 1 1 1 | 1 1 2 3 | 2 2 6 5 | 5̣ — |
美丽容颜　是你的一朵云彩　　聪明才智　是你的一颗星辰
美丽容颜　会慢慢布上皱纹　　聪明才智　随岁月渐渐归零

5 1 1 1 1 1 1 1 | 6 6 5 4 4 3 4 | 5·5 5 4 3 2·3 4 3 4 5 | 5 — — 5 1 |
金钱财富　是你的一缕阳光　显赫官衔　是你的一阵掌声　　　　啊
金钱财富本是身外之物　　　显赫官衔也是一介平民　　　　　啊

6· 3 4 5 | 5 3 3 4 | 3 5 5 6 5 6 5 3· | 4·4 4 3 2·2 2 1 2 | 5 — — 5 1 |
人啊人　只有那诚实守信的品格　　才是人生的本和根　　　　啊
人啊人　只有那诚实守信这条根　　年年开花结果树成林　　　啊

6· 3 4 5 | 5 3 3 4 | 5 6 5 4 3 2 6 — | 2·2 6 6 5 3 2·7 | 1 — — — :||
人啊人　只有那诚实守信的人　　永远赢得众人的心　（接间奏）
人啊人　只有那诚实守信的人　　　　　　　　　　　D.S

结束句

2·2 6 6 5 4 3 | 4 3 2 3 1· 1 || 2·2 6 6 5 4 3 | 4 3 2 3 1· 1 |
人们永远把你铭记在心　啊　人们永远把你铭记在心　把

6· 6 6 6 | 5 — — | 5 1 1 1 1 — — | 1 — — — ||
你　铭记在心

真善美

1=E 4/4

赞美、抒情地

肖时照 词
世　华 曲

(3· 5 6757 6·7 | 1· 6 6 1 | 2 - | 7· 1 765 3 | 5 6 7 1 7 6 -)

6 6 3 3 2 35 | 7 6 7 5 6 5 #4 3 - | 6 6 3 3 2 1 2 3 2 | 2· 3 1 6 3 2 2 - |
千里黄沙掩不住你的尊　贵，千年迷雾遮不住你的光　辉。
千年冰雪挡不住你的秀　美，千年变迁方　显你的品　位。

6 6 3 3 2 3 5 3· 3 | 7 6 7 5 6 5 #4 3 - | 6· 6 3 3 2 1 2 3 5 2· 3 | 5 3 5 6 7 6 - |
你是美好人生的追求真　谛，你是人类文　明的点滴积　累。
你把爱的阳光　洒向大　地，让那邪恶的种　子霉烂变　黑。

3 3 3 5 6 7 5 7 6·7 | 1 1 1 2 7 6 5 6 - | 3· 7 6 7 5 6 5 #4 5 3· 3 | 2 3 5 6 7 5 3 - |
你呼唤着天　地浩然正气，你是百姓心　中的一尊丰　碑。
你塑造了无　数英雄豪杰，你埋葬了一个个　历史败　类。

3· 3 5 6 7 5 7 6·7 | #4 1· 1 1 6 1 2 2 | 7· 7 7 1 7 6 5 3 | 5 6 7 1 7 6 - |
啊　啊阅尽　人世千姿百味，唯有崇尚真善美。崇尚真善美。
啊　啊阅尽　人世千姿百味，唯有崇尚真善美。

3 6 7 6 1· 7 | 5 2 5 6 7 3 - | 3 6 7 6 1· 6 | 5 6 3 4 3 2 - |
啊......　　　　　　　　　　啊......

2 3 4 3 2 6 5 | 3· 4 3 2 1 - | 2 3 4 5 7 6 5 | 6 - - - :‖
啊......　　　　　　　　　　啊......

结束句
5 6 7 1 7 6 - ‖ 5 6 7 1 7 6 - | 3/4 2· 1 2 | 4/4 3 - - - | 6 - - - | 6 - - - ‖
崇尚真善　美 D.S 崇尚真善美　　崇尚真　善　　美

爱满人间
（独唱）

肖时照 词
李需民 曲

1=C 4/4
温暖 深情 ♩=72

（间奏略）

3 6 5 05 | 6 5 3 2 2 3 1 0 | 6 3 2 0 1 | 2 1 6 5 5 6 5· |
那一天， 他 遇到特别的困难， 许多人 把 温暖送到他心田；
小时候， 他 种上慈爱的种子， 渐渐地 生 根发芽花儿艳；

3 6 5 — | 6 5 3 2 2 1 2 3 | 2 5 6 — | 2 1 2 3 5 6 3 | 2 5 — — |
那一月， 天灾降临我的家园， 许多人 奋不顾身去抢险；
长大后， 他把善举为己任， 用真心 关爱他人千千万；

3 5 6 — | 5 6 6 5 1 3 5 2 | 3 5 2 0 3 | 5 6 5 3 2 3 5 6 |
那一年， 有人生活很贫困， 许多人 从远方送去爱心捐
到老年， 大手牵着小手走， 看到 年轻一代风貌笑开

5 — — — | 1· 2 1 6 5 1 | 6· 3 6 — | 5· 1 6 5 1 2 3 | 5· 2 5 — |
赠。 这个家园很温暖， 一方有难八方来支援，
颜。 这个国家很和谐， 人人争把爱奉献，

6· 1 6 5 1 2 3 | 5· 3 2 — | 5 3 2 1 6 1 2 | 1 — — — | (8 间奏) :||
这个家园充满爱， 爱的情意满人间。
这个家园很幸福

[2]
5 3 2 1 6 1 2 | 1 — — — | 1· 2 1 6 5 1 | 6· 3 6 — | 5· 1 6 5 1 2 3 |
爱的奉献到永远。 这个家园很温暖， 一方有难八方来

5· 2 5 — | 6· 1 6 5 1 2 3 | 5· 3 2 — | 5 3 2 1 6 1 2 | 1 — — — |
支援， 这个家园充满爱， 爱的情意满人间。

5 3 2 1 6 1 2 | 2 — | 1 — — — | 1 — — 0 ||
爱的情意满人 间。

深爱无言

1= D $\frac{4}{4}$
深情地 ♩= 75

肖时照 词
张 敏 曲

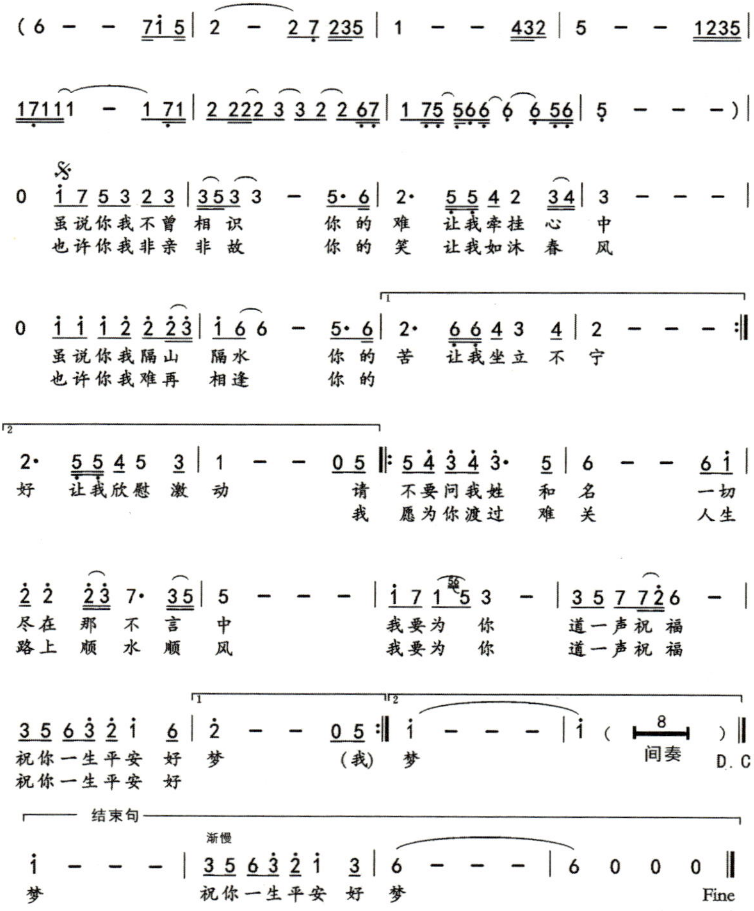

平凡人生

（男声独唱）

肖时照 词
刘和智 曲

1= F 转D $\frac{4}{4}$

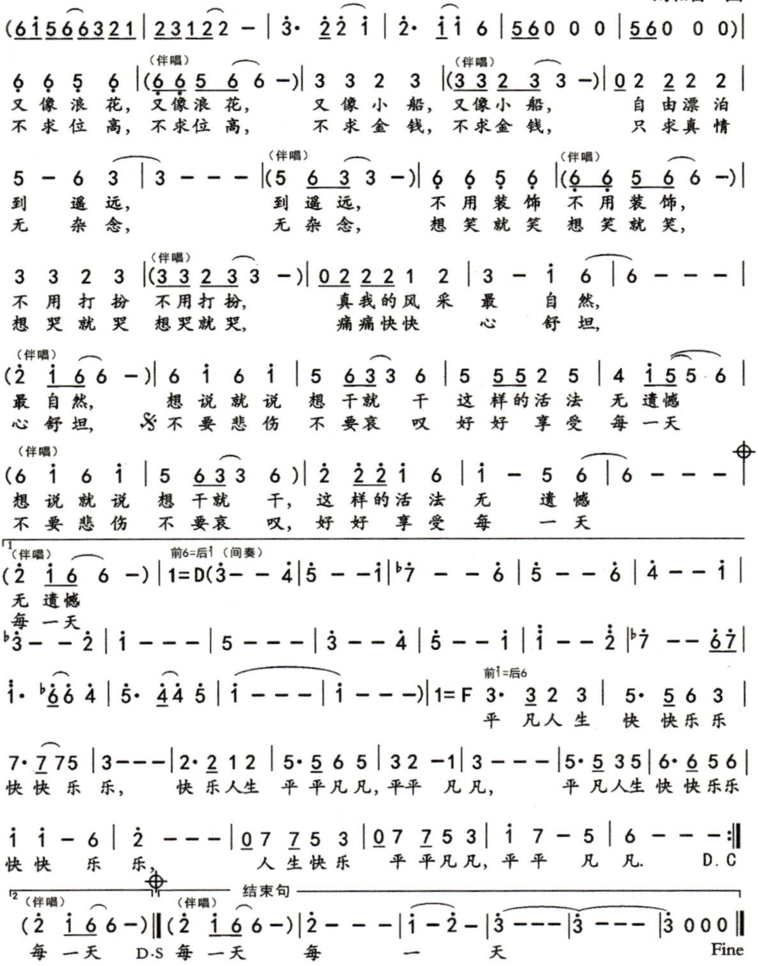

黄昏唱晚
（女声独唱）

肖时照 词
吴 旋 曲

我站在高山之巅，看夕阳西下，晚霞红满天。啊，气势多宏伟，啊，色彩多斑斓，像烈火一样地燃烧，像春花一样地斗艳。啊，不是朝霞，又似朝霞，它把太阳的余晖洒向大地，它给人们留下，留下美丽的思念，它给人们留下美丽的思念。

我站在高山之巅，抬头观晚霞，低头思人生。啊，青春曾闪光，啊，壮年是中坚，人到晚年近黄昏，余热还未尽怎么办。啊，志士暮年，壮心不已，要像太阳把余晖无私奉献，要像晚霞燃烧，燃烧光辉照人间，要像晚霞燃烧光辉照人间。

啊，啊，要像晚霞燃烧，燃烧光辉照人间。要像晚霞燃烧光辉照人间。

往日情怀

肖时照 词
李需民 曲

1=♭E 4/4
♩=73

3 | 5 - 5676 | 5·32 - | 0 2 3 5 1·6 | 5·0 0 2 5 | 3 - - - |
一 张　发黄的照 片　勾起我美　好　的回忆
一 首　古老的歌 谣　让我的回　忆　更入迷

0 0 0 3 | 5 - 5676 | 5·32 - | 0 2 3 5 1·7 | 6·0 0 6 6 3 |
　　　一　壶　陈年老 酒　那醇香让 我　醉在梦
　　　一　段　初恋情 缘　让我感 动　流下泪

2 - - 5 | 3 - 0232 | 2 5 6 - | 0 1 2 3 2 - | 0 3 6 7 7 6·2 |
里 那间　祖传的 小 屋　我感觉它　比皇宫还美
滴 那条　熟悉的 小 路　我感觉它　比红地毯还

3 - - ⌵5 | 5 - 0 3 5 | 6 7 5 5 - | 5 3 2 0 1 2 | 3 5 3 2 2 0 3 |
丽　门前　那口古 井　流淌着　啊 童话般的　神
丽　路边　那棵榕 树　刻下了　啊 海誓山盟的心

6 - - - ‖ 1 - 5 - | 5 6 5 4·1 | 5 - - - | 0 3 5 6 2·2 | 1 - 1 5 3 2 |
秘　回忆　真的很 美　　　往日情怀平添　了丝丝
语　回忆　真的很 美　　　往日情怀平添　了丝丝

1 3 3 - | 1 - 5 - | 5 6 5 4·1 | 5 - - - | 0 3 5 6 2 - | 3 5·5 0 5 |
甜蜜　回忆　真的很 美　　　往日情怀 凭添　了
甜蜜　回忆　真的很 美　　　往日情怀 凭添　了

3 2 1 2 2 - | 1 - - - ‖ 1 - - - ‖ 1 - - - ‖
丝丝甜　蜜　　　间奏　　蜜 D.S 蜜
丝丝甜　蜜

母亲颂

1= G 4/4
深情地

肖时照 词
刘 钢 曲

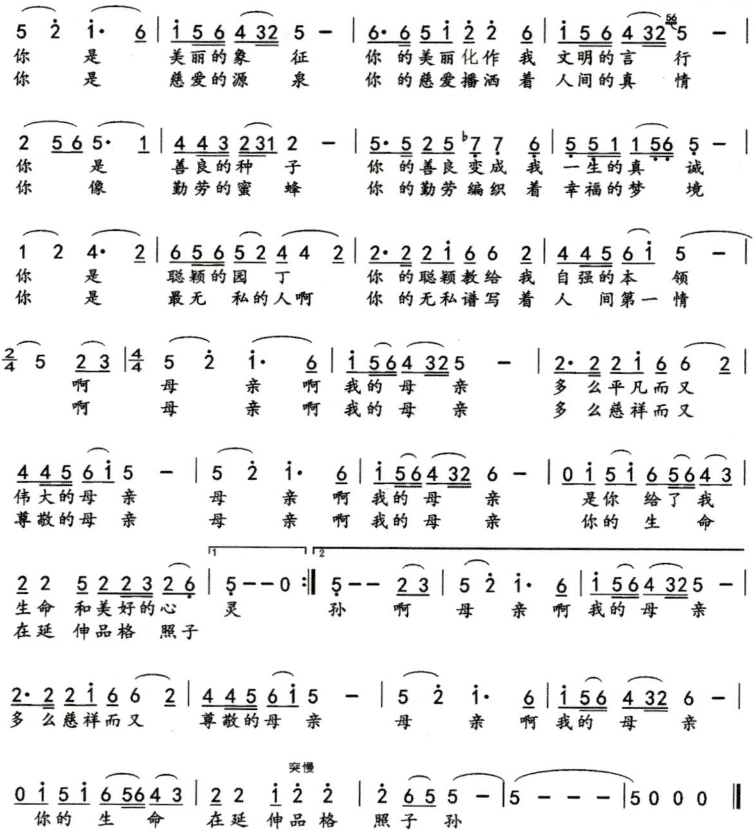

回家的感觉真好

（民通. 独唱）

1= C $\frac{4}{4}$

恬静 温馨 温暖 ♩= 66

肖时照 词

李需民 曲

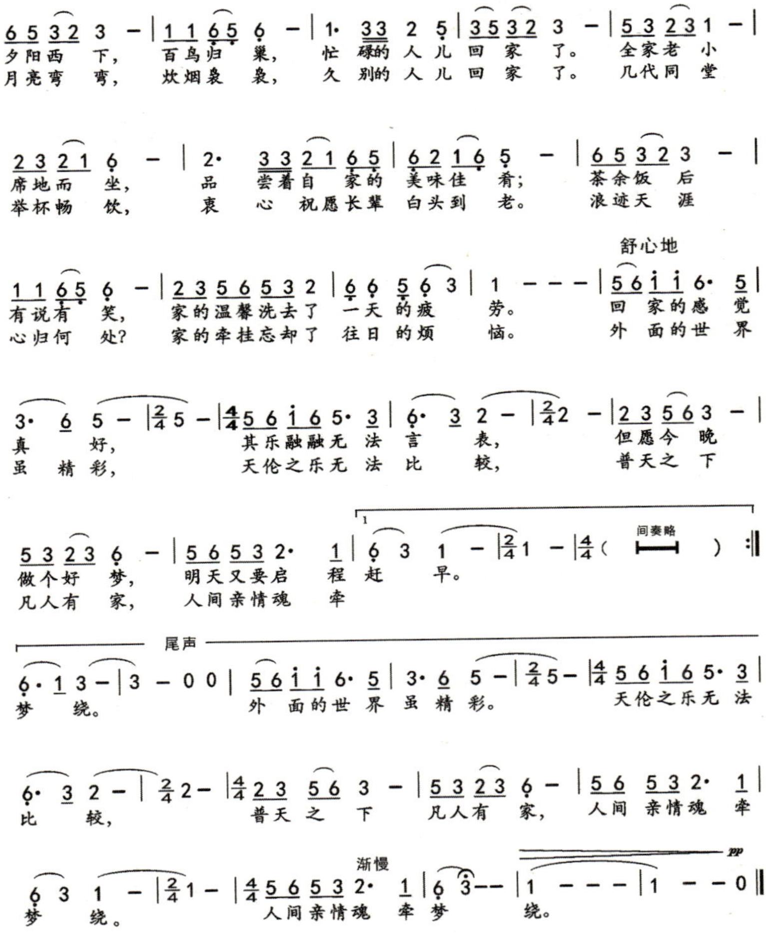

思念母校

1= G $\frac{4}{4}$

真诚 思念地

肖时照 词
陆振远 曲

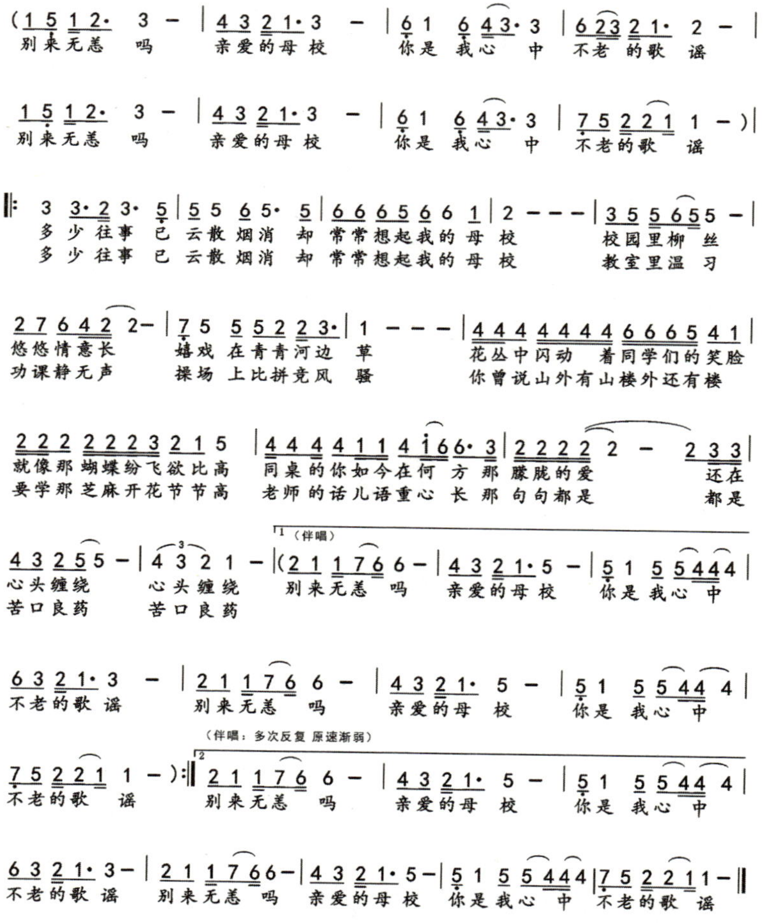

思念是一个美丽的梦

肖时照 词
宋继勇 曲

武冈,我的家乡

肖时照 词
李需民 曲

1=C 4/4 2/4
♩=58

茫茫云山　笔立云端　弯弯的资江　静静流淌
层层梯田　稻花飘香　满山的脐橙　一片金黄

蜿蜒的城墙　诉说着传奇　巍巍东塔
老街的特产　丰富多彩　美味卤菜

守护着大地的安康　千年古城　美丽武冈
任你品尝　乡音难改　乡愁难忘

那里就是生我养我的故乡　无论我走到　走到什么地方　我总是
那里有我时刻牵挂的爹娘　无论我漂泊　到哪年哪月　我的心

把你　深情的向往
永远　连着家乡

（间奏略）

结束句
连着家乡

我要出门看世界

肖时照 词
李需民 曲

1=♭E 4/4
快乐 惬意 轻盈 ♩=133
(间奏略)

| 3 3 3 2 3 5 0 | 6 5 3 2 1 6 0 | 1 1 6 5 1 2 0 | 3 5 6 5 3 0 |
天之尽头又见　皓月星辰，　大洋彼岸又是　风光迷人，
原始森林就像　读不懂的天书，千年古堡讲述　伟大的先祖，

| 5 5 2 3 5 0 5 | 6 5 3 2 1 2 0 | 0 3 3 3 2 3 2 1 | 2 3 2 3 5· 5 |
星罗棋布的地球村，　居住着不同肤色不同语言的
地球村里的追梦人，　描绘着人类文明多姿多彩的

| 6 5 5 — — | 0 0 0 0 | i 5 6 5 0 | 3 6 5 5 0 |
人群　　　　　　　　这个世界　太精彩，
美图　　　　　　　　这个世界　太神奇，

| 6 5 6 5 1 2 | 5 3 0 0 0 | 5 5 6 5 0 0 | 6 i 6 0 0 |
看不够来说不尽　　　我要出门　看世界
何不趁早去阅读，　　我要出门　看世界

| 5 3 2 1 6 3 | 5 1 2 2 — | i 5 6 5 0 | 3 6 5 5 0 |
不留遗憾到黄昏，　　这个世界　太精彩，
快乐人生在旅途，　　这个世界　太神奇，

| 6 5 6 5 1 2 | 5 3 0 0 0 | 5 5 6 5 0 0 | 6 i 6 0 0 |
看不够来说不尽　　　我要出门　看世界
何不趁早去阅读　　　我要出门　看世界

1.
| 5 3 2 1 6 1 | 2 3 1 1 — | 1 — 0 0 | (间奏略) ‖
不留遗憾到黄昏。
快乐人生

2.　　　　　　　　　　　结束句
| 2 3 1 1 | 1 — 0 0 ‖ 5 5· 5 | 0 5 5 5 i 0 i 7 i· 0 |
在旅途，　　　　D.S 人生　　快乐人生在旅途。

真爱只有一次
（女声独唱）

肖时照 词
铁源 曲

1=♭E 4/4

真挚 抒情地 每分钟72拍

(35 3i - | 76 73 - | 65 61 25 | 3 - 3612 |

35 536 - | 61 163 - | 5321 7·5 | 631 363 163)

66123 3 | 2·1 7765 6 - | 12356 6 | 7·6 5552 3 - |
哪怕荆棘丛生，花儿总是要开；哪怕素不相识，总会走到一块，
甜蜜的梦儿为什么容易醒来？甜蜜的果子为什么容易562坏？
　　　　　　　　　　　　　　　　　　　　　　　变

35536·663 | 2· 21 2 - | 6633321 | 7765 6 - |
其中因缘说不清来道不白，只有慢慢地寻觅慢慢地等待，
其中因缘说不清来道不白，只有情情地回忆那曾经(765)爱。
　　　　　　　　　　　　　　　　　　　拥有的

35 3i - | 76 73 - | 65 61 25 | 3 - - - |
啊　　　　啊　　　　啊

‖: 355·366· | 611·62 2· | 5321 1 7517 | 6 - - - :‖ D.C
真爱只有一次，真爱只有一次，缘分来了就不要徘徊。
真爱你在哪里，真爱你在哪里，缘分走了就不会再来。

结束句　　　　　　　　　　渐慢　　　　回原速
5321 1 7517 | 6 - - 06 | 2· 353 i 76 | 6 - - - | 6 000 ‖
缘分走了就不会再来。　　就　不　会再　来。

桃花水
(女声独唱)

肖时照 词
宋继勇 曲

$1={}^bB$ $\frac{4}{4}$ $\frac{2}{4}$
优美 抒情 稍慢 每分钟60拍

心中的花

(女声独唱)

肖时照 词
宋继勇 曲

1=F 转 #F 4/4

抒情 温馨 稍慢

```
1  1 65 2· | 5 5 | 5 3  3 2 1 2  - | 3· 3 3 3 2 3 1  5 6 |
一 束  花, 一 束 美 丽 的 花,     当 它 含 苞 欲 放, 你 已
一 束  花, 一 束 美 丽 的 花,     当 你 远 在 天 涯, 是 否

7· 7 7 7 6 5  5  - | 1 6 5 2· | 5 5 | 5 3 3 2 1 2 - | 3· 3 3 3 2 3  1· |
情 情 地 出 发,    一 束 花, 一 束 美 丽 的 花,  花 瓣 上 的 露 珠,
也 会 想 起 她,    一 束 花, 一 束 美 丽 的 花,  时 刻 把 你 牵 挂,
```

反复时转调1=#F

```
7 7 7 7 7 6 5  5 - | 5 5 6 3  3· | 1 2 | 3 5 5 6 1  2 - | 3 3  2 3 4 3 2 1 |
是 她 想 你 的 泪 花,   美 丽 的 花(啊) 心 中 的 花,  世 上 谁 人
远 方 的 你 知 道 吗?   美 丽 的 花(啊) 心 中 的 花,  为 你 诉 说

5 5 4 2 3  - | 5  5 6 3 3· | 1 2 | 3 5 5 6 3  5 - | 6 6  5 6 4 3 2 3 |
不 爱 她,     美 丽 的 花(啊) 心 中 的 花,   岁 岁 为 你
知 心 话,     美 丽 的 花(啊) 心 中 的 花,   永 远 伴 君

5 3  2 3 1 2· | 5 6 | 2 2 4  3 2 | 6 7 | 1 - - | ( 8 ) ‖
吐 芳 华 岁 岁 为 你 吐 芳 华。         间奏
走 天 涯 永 远

                          转调1=#F         结束句
2 2 3 4  3  5 | 6 7 | 1 - - ( 4 )‖ 2 2 3 4 3 2 6 7 |
伴 君  走 天  涯     间奏 D.S 伴 君 走 天

1 - - 1 5 6 | 2 2 4 3 2 2 2 1 | 1 - - | 1 0 0 0 ‖
涯      永 远 伴 君 走 天 涯
```

我们守卫在万山群岛

肖时照 词
郑秋枫 曲

1=F 2/4

(5· 55 36 | 5 - | 1· 55 36 | 5 - | 1· 55 5 |
6· 55 3 | 22 12 3 | 1 0) 5 5 1 2 | 3 - |

珠江口外,
珠江口外,

3 3 2 6 | 1 - | 5 5 65 | 1 5 | 3 5 1 2 |

万山群岛, 像一颗颗明珠熠熠闪
万山群岛, 像一座座堡垒屹立前

3 - | 3 3 2 7 | 6 - | 3 3 7 6 | 5 - |

耀, 海里鱼虾肥, 岛上花枝俏,
哨, 先烈鲜血染, 后辈来铸造,

6 5 | 1· 2 3 | 1· 2 3 5 | 1 0 | 5· 3 |

海底有宝藏, 渔歌随风飘。 嘿 嘿
军民鱼水情, 守岛又建岛。 嘿 嘿

6 - | 6 6 4 3 | 2 - | 5 5 3 2 | 1 - |

嘿! 特区风光好, 生活步步高,
嘿! 钢枪握得紧, 南海长城牢,

5 5 65 | 1 2 3 3 | 21 2 3 | 1 0 :‖ 2 1 2 3 |

我们守卫万山群岛无比地自豪。 为国立功
我们守卫万山群岛

结束句

1 - ‖ 2· 1 2 3 | 1 - | 1 - | 1 - | 1 0 ‖

劳。 D.S 为国立功劳。

海岛，我的第二故乡
（男声独唱）

肖时照 词
宋继勇 曲

1=D 4/4
深情 稍慢 每分钟60拍

告别家乡的山和水，参军来到海岛上，
告别家乡的云和月，参军来到海岛上，

家乡土地养育我长大，海岛泉水滋润我心房，
家乡小树在海岛扎根，如今长成参天的栋梁，

家乡的小河淌着我童年的梦，海岛的潮涌激起我青春的向往，
家乡的杜鹃在海岛上盛开，映红了蓝天映红了蓝色的海洋，

家乡的风啊送我上学校，海岛的雨啊伴我去站岗，
家乡的喜讯传来到海岛，增添我守岛建岛的力量

去站岗（接前奏）啊海岛我的第二故乡，是我锻炼与成长的地方，啊！海岛我的第二故乡，是我锻炼与成长的地方，是我成长的地方。

军营吉他声

（男声独唱）

肖时照 词
吴 旋 曲

1= G $\frac{2}{4}$

（前奏略）

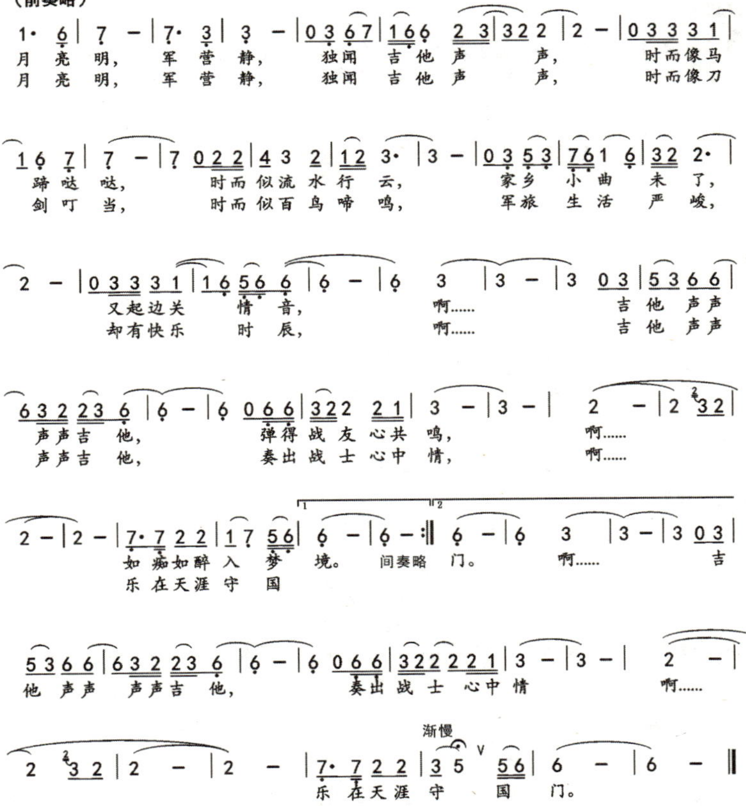

海岛夜歌
(女低音通俗演唱)

肖时照 词
宋继勇 曲

1=♭B 4/4 ♩=66

有意境地 抒情 陶醉地
(前奏略)

3 3 2 3· 2 | 1 2 1 3 5 — | 6 6 1 2 3 5 5 1 | 2· 1 2 — |
朗朗 天上 月 西 斜，大海沉睡浪 儿 歌，

3 3 2 3· 2 | 1 2 3 5 6 — | 2 2 2 3 2 1 2 | 3 — — 3 0 |
渔火 点点 似 繁 星，渔歌声声唱不 绝。

‖: 3 3 2 3· 2 | 1 2 1 3 5 — | 6 6 1 2 3 5 5 1 | 2· 1 2 — |
朗朗 天上 月 西 斜，大海沉睡浪 儿 歌，

3 3 5 6 5· 3 | 2 3 3 5 6 — | 6 1 2 3 2· 6 | 1 — — ᵛ1 |
渔火 点点 似 繁 星，渔歌声声唱 不 绝。(啊)

6· 1 1 5 — | 4· 6 6 3 — | 2 2 2 3 2 2 3 | 2 2 1 2 3 — |
恬 静的夜，美 丽的夜，海岛战士喜爱这样的良宵夜，
恬 静的夜，美 丽的夜，海岛战士度过一个个不眠夜，

6· 1 1 6 — | 5· 1 1 5 — | 2 3 4 3 2 3 1 6· | 5 3 2 6 1 — |
恬 静的夜，迷 人的夜，因为祖国人民有个 幸 福的夜。
恬 静的夜，迷 人的夜，为了祖国人民常有

1 — (7) :‖ 5 3 2 1 2 3 — ‖ 5 5 5 3 3 | 2 — 6 — |
间奏略 幸福的夜。D.S 常有 幸 福 的
rit 结束句

1 — — — | 1 — — — | 1 0 0 0 0 ‖
夜。

南海前哨钢八连连歌

肖时照 词
曹俊山 曲

1=♭B 2/4
步行速度 坚定有力

(1· 1 151 3 313 5· 56 5 - 6·5 43 21 76 5·3 23 1 0)

1· 6 5 3 | 1· 6 1 0 | 3·3 3 | 2 2 1 | 5 56 5 0 |
铁 再 硬， 钢 再 坚， 比不过 咱们 钢 八 连．
风 再 大， 浪 再 险， 撼不动 咱们 钢 八 连，

1· 6 5 3 | 1· 5 6 0 | 5·3 2 1 | 2 2 5 0 |
南 征 北 战 不 卷 刃， 和平时期 色 不 变，
保 卫 特 区 责 任 重， 以岛为家 建 乐 园，

5 - | 5 - | 65 3 2 | 12 3 - | 3 0 | 5 - | 5 - |
我 们 战斗在南海 前 哨， 流 血
我 们 战斗在南海 前 哨， 高 唱

65 3 2 | 12 3 - | 3 0 | 5 35 1 | 55 3 | 23 1 5 |
流汗 只等 闲！ 我们 战斗在南海前哨，
战歌 永向 前！ 我们 战斗在南海前哨，

2 2 3 | 5 - | 5 0 | 5 2 1 0 :‖ 5 2 1 0 ‖ 5 23 1 0 ‖
流血 流汗 只等闲！ 永向前！ D.S 永向 前！
高唱 战歌 永向前！

结束句

特区模范守备连连歌

1=A 2/4
进行速度

肖时照 词
肖 民 曲

```
6 - | 3 0 | i̅ i̅7̅ | 6 0 | i̅ 6 |
寂     寞，   算 什 么    枯 燥
艰     苦，   算 什 么    荒 凉

i̅ 2̇ | 3 - | 3 - | 3 3̇3̇ | 6 6̇6̇ |
怕 什 么！      我 们 是 革 命 的
怕 什 么！      我 们 是 光 荣 的

4̇· 3̇ | 2̇ 0 | 2̇ 2̇2̇ | 5 5̇5̇ | 3̇· 2̇ |
乐   观 派，   我 们 有 创 造 的 双
守   岛 兵，   我 们 有 坚 硬 的 骨

i̇ 0 | i̇· 2̇i̅7̅ | 6 0 | 2̇· i̅7̅6̅ | 5 0 |
手。     披 荆 斩 棘，   艰 苦 奋 斗，
头。     自 力 更 生，   样 样 富 有，

i̇ 3̇ | 5̇· 5̇5̇ | 5̇ 2̇· 2̇ | 2̇ 3̇ | i̇ i̇· i̇ | i̇ 0 ‖
荒 岛   变 花 园   数 咱 最 快 乐，最 快 乐！
特 区   多 英 豪   数 咱 最 风 流，最 风 流！
```

战友情深

肖时照 词
刘 钢 曲

1=C 4/4

双拥之歌

肖时照 词
李需民 曲

1=F 4/4 ♩=66

(混声合唱)
(12̣15̣ - 12̣ | 3·12 - - | 5̣5̣·5̣) 5̣12̣ ‖: 3̣2̣1̣2̣5 - | 3̣2̣1̣2̣5 - | 6̣7̣1̣65· 1̣ |
啊　　　　　　　　　　　　　　　　啊　　　　　啊　　　　　啊

2 - - - | 0 2 3̣ 2̣ 1̣ 6̣ | 1̣ - - - | 5 3̣ 2̣ 1̣ 2 - | 3 2̣ 3̣ 5̣ 6̣ - |
啊
　　　　　(女领唱)珠 江 水，　南 海　浪，
　　　　　(男领唱)凤 凰 山，　伶 仃　洋，

1·2 3̣ 5̣ 6̣·3̣ 2̣ 3̣ 1̣ | 2·3̇2̇ - 5 | 3̣2̣1̣ 2 0 1̣ 2̣ | 3 5̣ 6̣ - |
难 分 难 舍 奔 大 洋，　(男领唱)子 弟 兵 和 老 百 姓，
山 水 相 连 好 风 光，　(女领唱)老 百 姓 和 子 弟 兵，

2·3̣ 4̣ 6̣ 5̣ 3̣ 5̣ 2̣ | 4·2̇ 5 - | 1̇· 5̣ 6̣ 5̣ 6̣ 4̣ | 1 2̣ 1̣ 2 3 - |
鱼 水 相 依 情 谊 长　情　谊　长， (女声合唱)万 山 海 战 齐 上 阵，
亲 如 一 家 心 向 党　心　向　党， (男声合唱)建 设 特 区 立 新 功，

6·6̣ 5̣ 6̣ 4̣ 3̣ 5̣ 2̣ | 4·2̇ 5 - | 1̇· 5̣ 6̣ 1̣ 5̣ | 1 2̣ 1̣ 2 3 - |
军 民 浴 血 战 旗 扬　战　旗　扬， (男声合唱)同 守 共 建 数 十 载，
齐 心 合 力 守 海 疆　守　海　疆， (女声合唱)双 拥 共 建 是 模 范，

5·5̣ 6̣ 1̣ 5̣ 3̣ 5̣ 2̣ | 5̣ 6̣ 2̣ 3̣ 1̣ | 2̇ 4̇ 1̇ - 4/4 1̇ 2̣ 2̣ 1̣ 6̣ - | 1̇ 2̇ 2̣ 1̣ 5̣ - |
风 雨 同 舟 斗 志 昂　斗 志 昂， (混声合唱)军 民 团 结 一 条 心，
美 丽 珠 海 更 辉 煌　更 辉 煌，　　　　　　军 爱 民 民 拥 军，

6̣ 7̣ 1̣ 6̣ 5̣ 6̣ 3̣ | 4·2̇ 5 - | 1̇ 2̇ 2̣ 1̣ 6̣ - | 1̇ 2̇ 2̣ 1̣ 5̣ - | 6̣ 7̣ 1̣ 6̣ 5̣ 6̣ 3̣· |
南 海 长 城 坚 如 钢。 军 民 团 结 一 条 心，　南 海 长 城
人 民 江 山 万 年 长。 军 爱 民 民 拥 军，　　人 民 江 山

|1.　　　　　　　　　|2.　　　　　　　　　　　　结束句
0 6̣ 1̣ 1̇ - :‖ 0 6̣ 1̣ 1̇ - ‖ 0 6̣ 1̣ 1̇ - | 4/4 0 6̣ 1̣ 2̇· 1̇ 1̇ - |
坚 如 钢。　　　　　万 年 长。D.S 万 年 长。　万 年

4/4 1̇ - - - | 1̇ - - - | 1̇ 0 0 0 0 ‖
长。

梦回小岛

肖时照 词
朱庆志 曲

1=♭D 4/4

(1663 2 - | 5·6 756 - | 2 662 1 - | 75 63 - | 1663 2 - | 62 26 1 - |

7·1 75 563 | 77 56 -) | 666 56 - | 770 5 6 - | 16 235 63·
　　　　　　　　　(童声合唱)有一个小岛　很小 很小，　涨潮的时候

2 2123 3· | 667 566· | 567 53 - | 235 6231 6 |
露出一片石礁，可在共和国的 土 地 上， 它的分量却

770 5 6 - | 666 5 6 - | 770 5 6 - | 16 235 663 |
十分 重要。(男独)有一位战士， 年纪 很轻， 上岛的时候与

2215 3 - | 667 576 3 | 567 532 - | 123 621 6 |
步枪一般 高， 他在一次巡逻中 光荣牺 牲， 从此长眠在这个

770 5 6 - | 666 5 6 - | 770 5 6 - | 16 235 63·
这个 小岛。 有一个小岛　很小 很小， 涨潮的时候

2·2123 3· | 667 566· | 567 53 - | 235 621 6 |
露出一片石礁，可在共和国的 土 地 上， 它的分量却

770 5 6 - | i· 7i6 - | i2 i76 - | 2· 36 - | 2215 3 - | i· 7i6 - |
十分 重要 啊　　　啊　　　啊　　　啊　　　啊　　　啊

75 i76 - | 2· 35 - | 77 56 - | 0616 33· | 270 5 6 -
啊　　　啊　　　啊　　　(男独)我早已离开　这个 小岛，

061 7 2123 | 655 652 3· ‖: 665 63 2 - | 22 i62 i - |
却时刻想起那　守岛的暮暮朝 朝， 我梦见那空中　盘旋的海鸥，

770 65·673 | 212 563 - | 665 63 2 - | 22 i62 i - |
它们 在传 递着 安宁的信号， 我梦见那海边 巡逻的小路，

770 65·67 i | 555 3·6 - ‖ 555 3·6 - | 2-3-6 - - - | 6 - - - | 6000 ‖
仿佛 看见了 战友的微笑。 战友的微笑。微　笑。

再为军旗添风采

1= D $\frac{4}{4}$

自豪 稍快

肖时照 词

宋继勇 曲

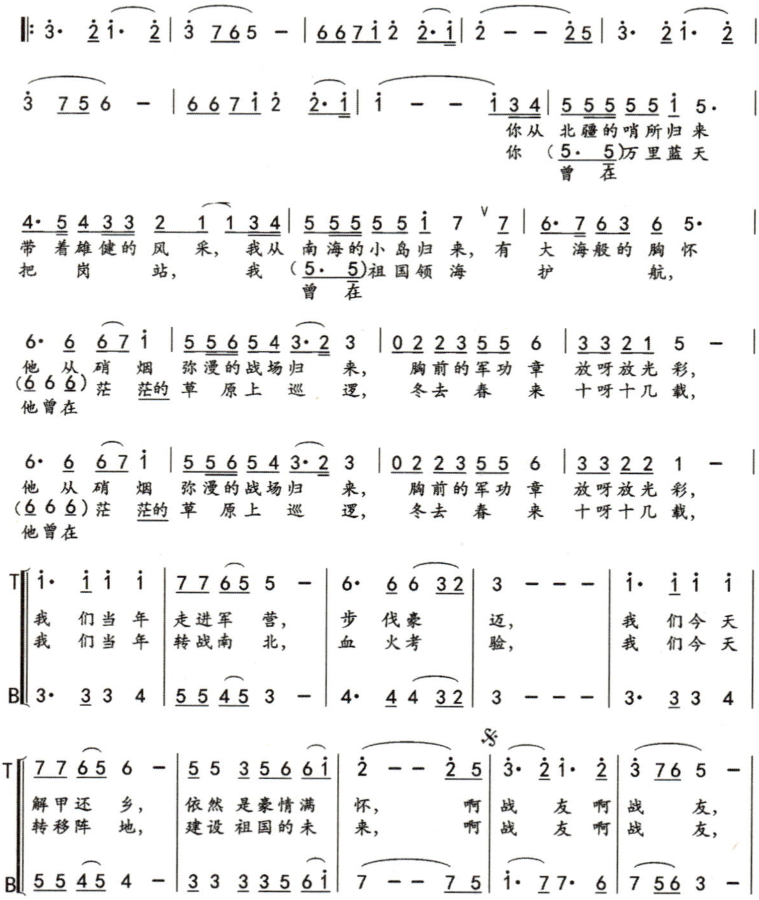

曲谱篇

珠海美

肖时照 词
沈传薪 曲

1=♭E 2/4
稍慢 颂扬地 每分钟56拍

(1 5 3 5 7 | 1 5 3 5 7 | 2 6 #4 3 | 3· 6 1 6 ‖ 1 5 3 5 7 | 1 5 3 5 7)

3·4 3 2 1 5 2 | 3·4 3 2 1 | 7·1 7 6 5 2 6 | 7·1 7 6 5 | 6 1 6 | 5·6 #4 5 3 |
山青青，海蓝蓝，一片新城山水间。楼宇各千秋，
月朗朗，星灿灿，一片银河落人间。放眼万家灯，

2 2 4 3 2 1 | 3 2 2· | 3·4 3 2 1 5 2 | 3·4 3 2 1 | 2·3 2 7 6 3 5 | 2·3 2 7 6 |
花木红烂漫，道路长又宽，沙滩弯又弯，
水中灯万盏，小岛连百座，渔火望无边，

6· 1 5 6 | #4 5 3 | 2 6 #4 3 | 5· | 6 7 1 3 | 1 | 2· 7 6 |
海天明如镜，空气清又甜。）啊 珠海 美，
南海夜明珠，照亮半边天。

7 2 7 | 6·7 6 #4 5 | 6 1 6 | 5·6 #4 5 3 | 2 2 7 6 7 2 | 5 — ‖
珠海 美， 南国 明 珠 珠海 美。

5· 6 7 1 3 | 1 | 2· 7 6 | 7 2 7 | 6·7 6 #4 5 | 6 1 6 |
美 啊 珠海

(0 5 3·4 3 2 | 1 — | 1 — | 1 0)

5·6 #4 5 3 | 2 6 #4 3 | 5· 6 1 6 | 1 — | 1 — | 1 0 ‖
美 珠海 美 哎

百岛之市

（女声独唱）

1=$^{\flat}$E $\frac{4}{4}$

每分钟76拍

肖时照　词
周志勇　曲

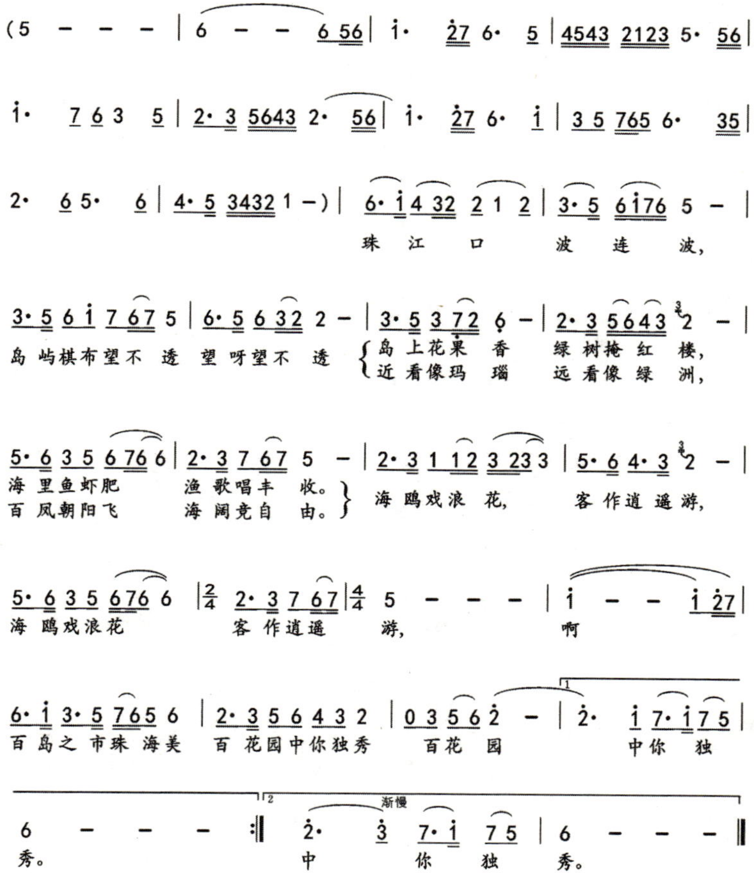

伶仃洋

肖时照 词
李需民 曲

说起伶仃洋，你可想起南宋英雄文天祥，文天祥，壮志未酬终身恨，千古绝唱叹断肠。
唱起伶仃洋，怎能忘记解放万山群岛的好儿郎，桂山勇士铸忠魂，血染战旗威名扬。

伶仃洋 伶仃洋 你有神奇的传说，你有悲壮的篇章！篇章！

今天的伶仃洋，看不够如诗如画的好风光，碧海蓝天无纤尘，百鸟争艳任飞翔。
来到伶仃洋，听不够那如颂如歌的新气象，渔家生活步步高，渔岛风情醉心房。

伶仃洋 伶仃洋 你有浪漫的故事，你有欢乐的乐章。乐章。欢乐的乐章。

珠海，中国之窗

肖时照 词
董兴东 曲

1=C 2/4

0 3 4 3 | 5 6 7 1· | 7 6 5 — | 0 1 1 2 | 3· 5 5 1 |
地邻澳门，水连香　　港，　　珠海您是中国之
路通五洲，水达四　　洋，　　珠海您是中国之

2 — | 2 — | 0 3 3 4 6 | 5· | 3 1 7 6 | 6 — |
窗，　　　　从这里吹来　世界的风，
窗，　　　　这里是历(5 5)融合点，
　　　　　　　　　　史的

0 2 2 2· 3 | 4 5· | 4 4 3 2 1 | 2 — | 0 3 3 3 4 | 5 6 5 5 |
从这里漂来　大洋彼岸的浪，　　各方朋友在这里
这里是播种和　平幸福的(2 2·)　古老文化在这里
　　　　　　　　　　　地方。

3 1 7 6 | 6 — | 0 2 2 2 3 | 4 5 4 4 | 4 3 2 1 1 | 1 — |
这里相聚，　　万千信息在这里　汇成海洋。
这里新生，　　现代文明在这里　开拓市场。

1· 1 | 6 6 6 6 | 7 5 5 | 3 4 5 5 | 5 1 | 1 — | 4 4 4 4 4 |
我们开拓了视野，充实了力　量，　我们走向
我们建设特区，建设乐　园，　我们走向

5 4· | 4 1 7 5 | 5· | 1 6 | 6· 6 7 5 5 | 3 4· 5 5 5 |
世界，走向兴旺。　哦珠海啊珠海，您是中国之
未来，走向富强。

1 — | 4 4· 4 5 4 4 | 5 6 | 7· 7 7 | 7 6 7· | 1 — |
窗，　珠海啊珠海您是希望　　之　窗。

1 — | 1 — | 1 — | 1 — | 1 0 ||
窗。

珠海的勒杜鹃

肖时照 词
蕫兴东 曲

$1={}^{b}E$ $\frac{2}{4}$

```
‖: 5 7 1 | 0 0 2 7 1 | 6 7 7 1 | 4 3 1 7 | 5 0 0 2 | 2 2 3 4 | 4 - |
   在阳台    在窗前    盛开着朵朵勒杜鹃，     枝叶碧如玉。
   在海滨    在高山    盛开着朵朵勒杜鹃，     枝叶迎风舞。

4· 5 | 4 3 2 1 2 | 2 - | 3 4 5 | 0 0 6 3 4 | 0 2 3 | 4 5 4 3 3 |
  哦花儿红艳艳，       她把    美丽    送进千家万户，
  哦花儿笑开颜，       她为    珠海    的腾飞而怒

3 2 1 | 7 1 2 3 4 | 4 0 4 1 7 | 7 6 6 7 0 | 5 7 1 | 1 - | 1 - | 1 - |
       她把清香    洒向    人们的心田
  放，  她为开拓者      的足迹 足迹献花环

1 - ‖: 1 - | 7 5 5 4 4 0 | 3 4 5 | 5 - 5 - :‖ 1 6 5 5 -
      啊我爱你    勒杜鹃         勒杜鹃

5 - | 5 - | 5· 1 | 6 6 6 6 | 6 4 3 | 3 2 2 | 2· 5 | 5 5 5 5 | 5 3 2 |
          你扎根珠海曾几何   时，  你扎根珠海曾几
          你伴随我们艰苦创   业，  你伴随我们艰苦

2· 1 | 1 7 7 1 | 5 7 1 | 5 4 3 | 3 - | 3 - | 3 - | 3 - |
何  时，而今是每个角 落都已开 遍。
创  业，让我们同在珠 海深深地扎根。

3· 1 | 6 6 6 6 | 6 4 3 | 3 2 2 | 2 7 6 | 5 5 5 5 | 5 7 7 | 1 | 0 4 4 5 |
    你扎根珠海曾几何   时，  你扎根珠海曾几何    时，而今是
    你伴随我们艰苦创   业，  你伴随我们(5 2 2 2)业，让我们
                                     艰苦创

                                        结束句
6 1 7 | 7 6 6 | 5 6 | 2 7 | 1 | i - | i (-) | 7 7 | i | i - | i - | i - | i - ‖
每个  角落都已开  遍。         地扎根。
(5 2 2 1)深深
同在珠 海
```

珠海的灯

1=C $\frac{4}{4}$

肖时照 词
沈传薪 曲

中速 深情地 每分钟112拍

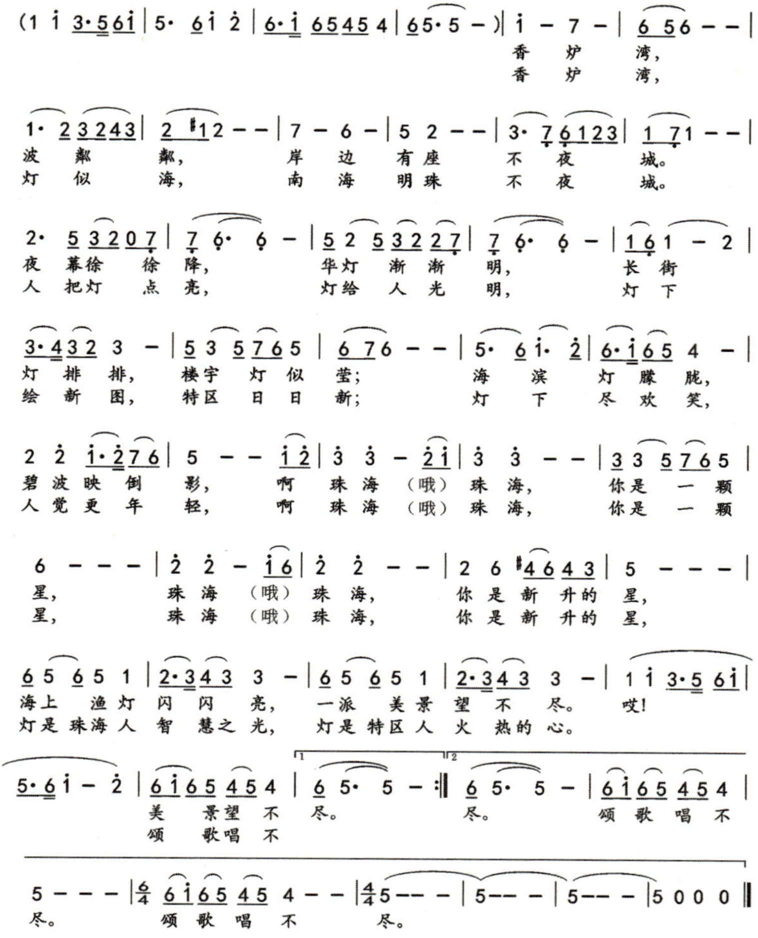

珠海——澳门

肖时照 词
王酩 曲

1=F 2/4
女声通俗唱 1=D
男高音民族唱 1=♭A
女高音民族唱 1=G

山水两相依，陆路紧相连。
咫尺离天涯，相望难相见，
啊珠海澳门，啊珠海澳门，
多少两地梦，盼望月儿圆。
啊珠海澳门，啊珠海澳门，
多少两地梦，盼望月儿圆。

共饮一江水，共听雄鸡鸣。
同胞骨肉情，本是同根生，
啊澳门珠海，啊澳门珠海，
造福为子孙，两地共繁荣。
啊澳门珠海，啊澳门珠海，
造福为子孙，两地共繁荣。

珠海之歌

肖时照 词
郑秋枫 曲

1=F 4/4
明快 豪迈 每分钟138拍

(11 35. 1 | 7 - - 22 | 234. 2 | 5 - - 65 | 35 13 | 46 6 - 6 |
77 767 | 1 - - 2 | 1 1 1 0) | 5 551 122 | 3 - 1 - |
　　　　　　　　　　　　　　　　我们从四面八方走　来,
　　　　　　　　　　　　　　　　我们从四面八方走　来,

5·55 3221 | 3 - - - | 4·444 4 33 | 2 6 - - |
建设特区豪情满怀,　　　虽然没有现成的蓝图,
建设特区豪情满怀,　　　虽然没有现成的道路,

7·777 767 | 65 - - | 5·51 135 | 31 - - | 5 532 211 |
我们有信心自己剪裁。　精心描绘创造未来　把边陲小镇重安
我们有力量自己开采。　对外开放对内联合　走改革之路步伐

3 3 - - | 4·444 43 | 266 - - | 5·56 1132 | 1 - - - |
排,　　铺路架桥移山填海,　层层高楼盖起来。
豪迈,　勇攀高峰走向世界,　南海明珠放光彩。

6·66 4·1 | 566 - - | 5·531 | 355 - - | 2·223 44 |
我们团结一心,　　努力拼搏,　　建设一个美丽的
4·44 1·6 | 144 - - | 3·315 | 133 - - | 7·771 222 |

1·23 - | 2·125 - | : | 2·12·123 | 1 - 11 |
新珠海。新珠海。　　　新珠海。
6·71 - | 7·675 - | : | 7·654 | 3 - 0 |

结束句
5 - 5 - | 1 - - - | 1 - - - | 1 0 0 0 |
新　珠　海。
2 - 2 - | 1 - - - | 1 - - - | 1 0 0 0 |

幸福珠海人

(现代新民歌)

肖时照 词
李需民 曲

相会在珠海

（男女通俗歌手群唱）

1=♭E $\frac{2}{4}$

肖时照 词
饶荣发 曲

现代音乐风 欢歌劲舞地 每分钟60拍

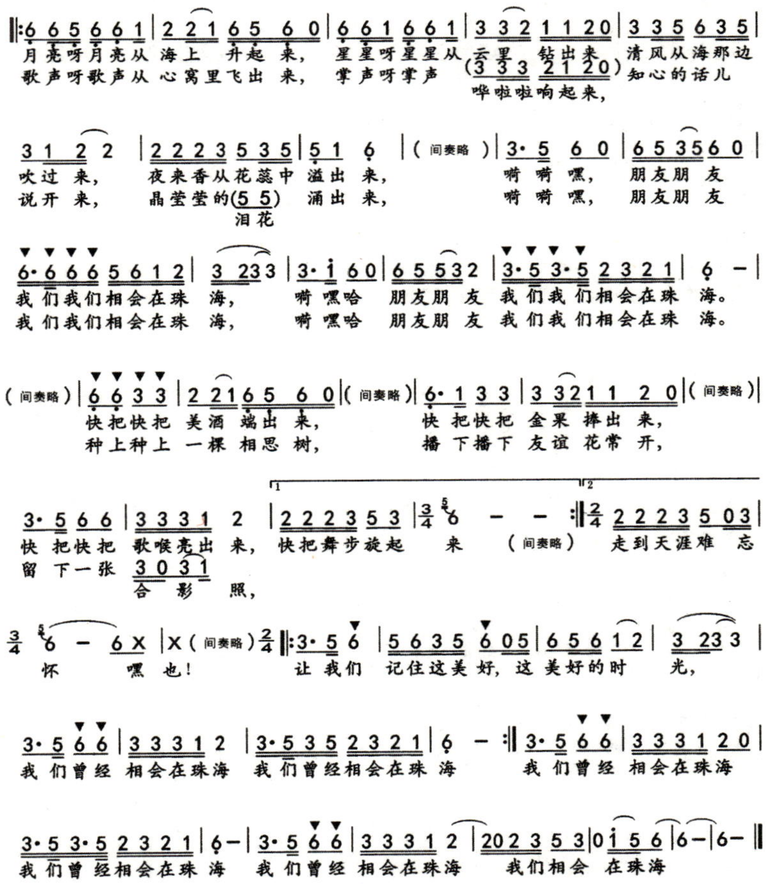

打工谣

肖时照 词
周志勇 曲

1=G 4/4

(6 3 5 6 7 6 6 3 | 5 6 6 - - | 6 3 5 6 7 6 6 7 | 5 2 3 - - | 6 3 5 6 7 6 6 3 | 5 6 5 - - |
2 1 2 6 5 6 1 3 | 2 - - - | 6 3 5 6 7 6 6 3 | 5 6 5 - - | 2 2·2 3 3 3·0 | 6 3 5 2 3 -)

‖: 6 3 3 3 2 1 | 6 3 6 - | 6 3 3 3 5 | 2 1 2 3 - | 6 3 3 6 6 |
请莫笑我们是打工仔　世上打工的千千万，　没有打工的

5 6 5 3 - | 1 1 1 6 2 5 6 | (6 1 2 3 5 6 1 3) :‖ 1 1 1 6 2 5 6 |
来干活，　　看你怎样当老板。　　　　　　　　　　看你机器怎样转，
卖苦力，

6 - - - ‖ 3 3 6 1·1 1 2 | 7 6 6 3 5 - | 3 3 6 1·1 1 2 |
　　　　　打工仔要吃要喝要花要玩，　　　　打工的总想总想
　　　　　打工妹爱哭爱笑爱唱爱打扮打工

3·5 2 2 3 - :‖ 1·1 1 1 2 5 6 7 6 6 - - - | (7· 7 7 7 2 2 2 2) |
多赚几个钱。　　还真能够见见世面。

§
‖: 3·5 3·5 3·5 3·5 | 6 5 6 5 - | 3·5 3·5 3 2 | 1 6 5 5 3 - |
我们也要谈情说爱谈情说爱，　我们还喜欢逛逛咖啡店，
我们尝过酸甜苦辣酸甜苦辣，　人生的道路　真是不平坦，

3·5 3·5 3 5 | 6 5 6 5 - | 2·2 2 2 2 6 1 2 | 3 - - - |
别看我们今天　有点寒酸　将来我们也会当老板。
虽然千难万难　不怕难，

结束句
2·2 2 3 7 6 5 5 | 6 - - - :‖ 2·2 2 3 7 6 5 5 | 6 - - - ‖
将来我们也会当老板。(第一遍) D.C 将来我们也会当老板。
　　　　　　　　　　(第二遍) D.S

湘商颂

（女声独唱）

1= D $\frac{4}{4}$

大气 抒情地 ♩=67

肖时照 词

李需民 曲

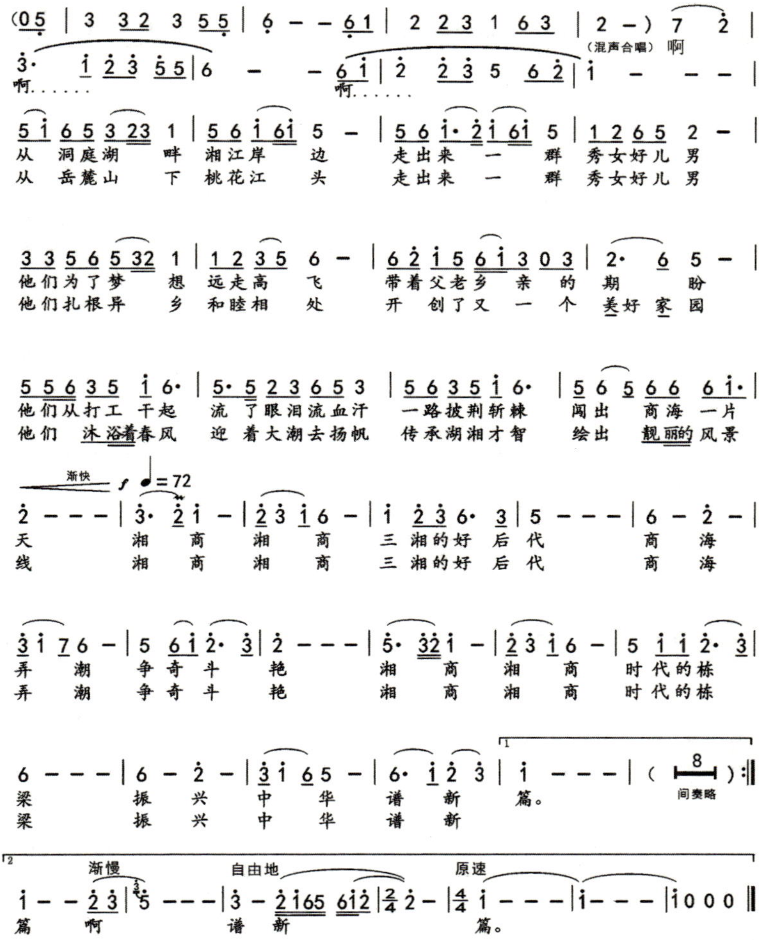

百货颂歌

1=F 4/4

抒情地 每分钟114拍

肖时照 词
周志勇 曲

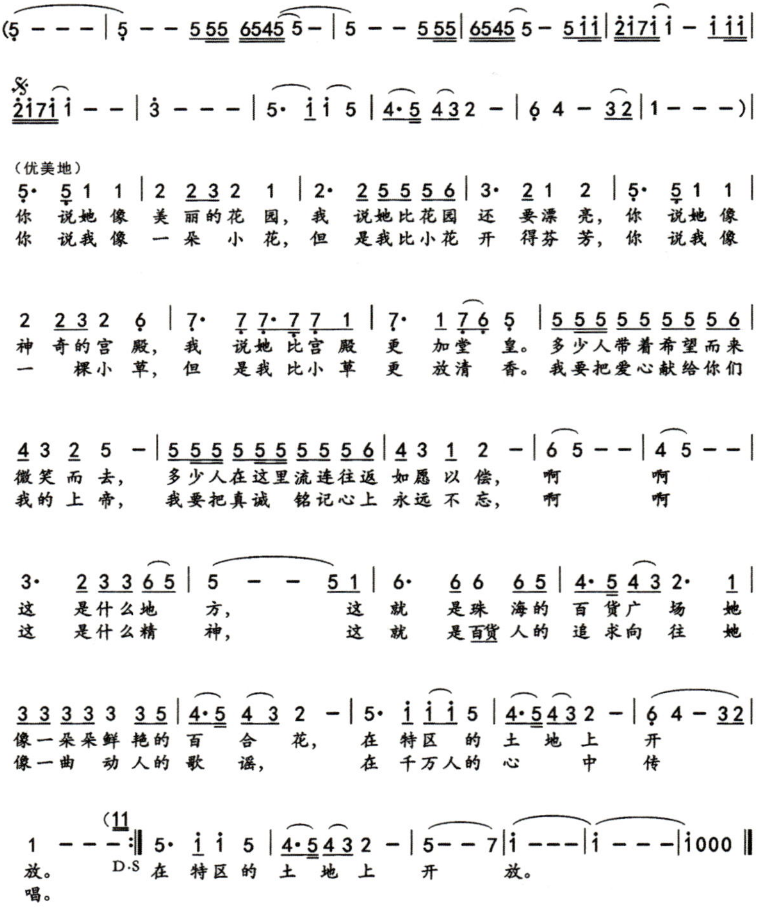

评论篇

评肖时照的歌词创作

陈小奇

首先要祝贺肖时照老师在创作上取得那么多的成就,并且能够召开这么个歌词研讨会。这里还要感谢珠海的音乐文学研究会。音乐文学学会,在广东这个地方开歌词研讨会很少,歌词作家研讨会在我的印象中只有 20 世纪 80 年代我在广州开过一次,郑南开过一次,其后没有开过类似歌词作家研讨会,所以珠海音乐文学研究会做了一件很有意义,很有价值的事情。

今天的研讨会听了挺有收获,原来让我早点发言,我不敢。因为毕竟了解不多,我想听听大家发言,听了之后我很受益。对肖时照老师以前听说过名字,但没有任何接触。以前都在搞流行音乐,只是去年成立广东音乐文学学会时,省音协给我介绍推荐肖时照老师,当时不知什么原因没找到他的电话,一直都没有联系到,至今天才有缘分见了面。那么从肖时照老师的歌词来看,首先我比较感动他的坚持,坚持很不容易,几十年坚持下来。我们很多人只写到一半,把它放弃了,半途而废。非常多的这种放弃。大家要坚持下去,不要到现在没出什么东西就放弃,不要放弃,坚持下去,可能你往往就能找到感觉。肖时照老师因为长期坚持，有些作品就造成影响也获得了很多奖项。我也希望他有下一次的爆发。你现在67岁，后边还有更大发展，因为你现在比以前有更多的时间去思考这些问题。以前你工作繁忙，作为党政干部，工作都很忙，现在有时间静下来思考，把自己以前的创作再经过重新的研究和领悟。我想寄希望肖时照老师出更精彩更好更有影响力的作品。

下面我从歌词角度谈谈我的看法：

一个就是在语言这部分，我觉得肖时照老师确实是形成了自己的语言风格。我们说语言包括一种意境、语感。意境、语感是个比较虚的东西，以前我们研究歌词都不会考虑这些东西，但我觉得非常重要。意境、语感会决定一个人的文字风格。写歌词就是作者和文字之间的博弈，因为我们所面临的是要写一首歌词，你有很多词汇选择都放到脑袋里筛选，这谁也做不到，那更多就依靠直觉，就这时冒出这个词感觉很好那就是它了。像这种直觉在歌词创作中非常重要。那么肖时照老师他现在的语言风格已形成自己的语言系统。他的歌词写得很朴实，简洁，同时包含某种哲理，某种对生活的理解，通过他自己的语言表现出来，这点我觉得很好。一个人写歌词写到最后拿出来歌词风格都会不一样，一会这个风格，一会那种风格，我觉得是不成熟的表现。尽管有时为迎合某种需要你会改变一种风格，但对歌词创作者来说，要坚持自己的语言风格，把它坚持下去。你认为这种语言适合你自己的、你写得得心应手，那么就必须把它坚持下去。

第二个是关于音乐性问题。在某种意义上我甚至觉得对歌词来说音乐性比文学性更重要，但很多人不太承认这一点，总把歌词当诗歌来看待，觉得歌词必须像诗一样，具备一种很华丽、深沉的文学性。我觉得它并不合适歌词。广东省作家协会曾经有批诗人，他们后来搞了一个歌诗活动。所谓歌诗就是高雅，感觉古代人把词都叫诗余，写诗的人用空余时间来写就叫词，老是想把自己改成歌诗，其实这种改变是毫无意义的事情。歌就歌，诗就诗，诗是为自我的东西，按照自己想什么东西就写什么东西，但歌词是为别人写，为他人作嫁衣裳，因为是写给别人唱的，不是你自己想怎么写就怎么写。只要给人家唱你就要考虑音乐性问题，这个词是不是适合谱曲？我一直有一个观点，如果没有经过音乐家谱曲，这种歌词，严格意义上来讲就叫准歌词或者叫文本歌词，因为没有经过音乐的检验。如果作曲家认为看起来很好，但谱不了曲就说明歌词不合格，我们必须要跟音乐结合起来，包括给音乐预留空间等等。有些歌词觉得抑扬顿挫，念起来不顺口的那种东西是不能用的，听不懂太生僻，生僻词老百姓听不懂。歌词写作要求做到大家第一次接触，就能听得懂，这才是很好的歌词，所以有时咱们不要过分强调文学性而要更多强调音乐性。

我刚才注意了肖老师的这些作品，因为我以前没有系统接触过，看他的创作大部分是两段体比较多，我们传统的写法都是两段体多。但我们搞流行歌曲重视的是什么？是三段的东西，就是它最后称为副歌的东西。做副歌是什么情景？从音乐上来说，它提供音乐发展的可能性，所以在这个方面都可以继续探讨。其实肖老师里边也有三段题材歌词。例如《梦回小岛》大家都提到，前面两段铺垫，后面那段把它升华，那么从作曲角度来说音乐很容易把它推向高潮。

第三个是关于流行性问题。肖老师的《再为军旗添风采》这首歌词，流行语就很好。举一个例子，当时台湾的李登辉竞选台湾地方领导人的时候，他是用了一首流行歌，歌名叫《我的未来不是梦》。这是台湾的一首歌，大家都熟悉。就一首歌曲，你能够把里边一些句子或者说歌名变成流行性，就说明这首歌肯定流行了，而这种流行性靠什么？靠我们去把握，去研究。现在社会上有的东西会成为流行性，这就需要大家琢磨，这些东西非常重要。我以前跟他们谈过歌曲创作，我提过三点一线的一个理论。所谓三点一线就是：一句好的歌词，一句好的旋律，一个好的歌名。这句好歌词可能就是这首歌的好歌名，也有分开的。你抓住这三个点的话，三点成一线你就连起来，那这个歌的流行就极有可能了。有些歌你前面没有记住，你就记住了那一句，最精彩的一句，那么这首歌就成活率百分之五十以上。所以这方面我们大家都动动脑筋。在歌词创作上大家都多想想，这首歌名定要起得很好，而里边的句子，哪些句子是点睛之笔。就是这个东西对歌词来说，必须有一句能打动人的地方，其他小的东西其实都可以忽略不计的，最重要的是把它的睛点好。前面提到的肖老师的那首词，里面有一句"为军人的历史干杯"就成了当过兵的人的流行语。

第四个是关于题材问题。题材上肖时照老师是比较广泛的，这分为几大类。这个跟肖老师生活有关系的，他是一路走过按不同岗位，创作不同的歌曲，在部队创作部队歌曲，到了法院就写这些歌曲，到了政协写那些歌曲。我觉得他都是按照自己熟悉的那些生活理念去寻找他的创作题材。那么这种创作方式会让你比较容易驾轻就熟。

找一些独特题材，没人写过的东西，这是歌曲成功的一个必要条件。大家都写过的东西你也去写，你要有独特东西，没有，你肯定会冒不出头来。就像我们现在那么多网络歌曲。要走出一条新路非常非常困难。所以在题材选择方面，我觉得大家先不要考虑太多文字上的雕琢，多考虑题材，这种找到独特题材容易引起大家关注，我希望在这个问题上大家多想想。另外就是独特感悟方面，这里我注意到《岁月如镜》。《岁月如镜》我觉得是蛮好的一首歌词，但是歌名我有点建议。为什么？我不知你写完才有歌名，还是有歌名才写歌的，如果说我的歌名所谓岁月如镜，那么你应该围绕镜展开，但是你一开始出来就两个并例，一根绳，一面镜。我认为你不妨换一个歌名考虑一下，但歌词本身写得蛮有意思。

　　每个人都有自己的不同感悟，张黎有他自己的感悟，阎肃有他自己的个人风格。我想咱们肖老师可以在向这个方向发展。因为毕竟经历人生这么多阅历，对人生思考，对社会思考，等等，你肯定有和别人不一样的地方。你可能站在一个更高的高度，这高度非常重要。大师跟工匠区别并不在技术上，技术上其实大家都差不了多少，大师跟别人不一样就是境界，境界超越了别人。你说画家画得好，画那几笔山水，几笔花鸟，其实从技法分析，也不至于比别人高很多，凭什么人家卖几百块钱，你卖几百万，高的是一个境界，歌词同样是如此。你境界高，其他文字东西就自然跟上来，如果大家都全部注意太微观的东西，整个琢磨这句，这个字怎么样，那个字怎么样，到最后很可能抓了小的放了大的，捡了芝麻丢了西瓜。所以我们从总体注重大构思，就一首歌词是非常非常重要的。先把这个抓住，你再来进行文字雕琢、加工。你路子应该这么走，这么去想，否则我们搞了半天都在里边兜圈子，兜了半天兜不出来。

  第五个是关于意象问题。我们有很多歌词预留空间太少，意象必须服从总体意象。你写温柔东西该选择那温柔意象。这样它形成和谐总体。像《桃花水》，我觉得它是蛮好的一首歌词，非常单纯，它并没有很复杂的东西，它就是桃花江水，就这两个意象融合在一起，桃花江水本来就很和谐的东西，那么这种歌词把这两者融合在一起。像这一类的歌词，我觉得它具备很强的音乐性。歌词真的有时没有必要搞得复杂。我们想想把什么东西弄得特别，像现在晚会歌曲，长江、黄河一路把中国都写完了，人家记住什么？什么都没记住，抓住一个点去写，很可能就出来了。

2010 年 7 月

（作者系中国音协流行音乐学会副主席、广东省流行音乐协会主席、广东省音乐文学学会会长。）

映日荷花别样红

蔡育川

  肖时照先生的歌词作品研讨会，大家各抒己见，见仁见智，学术气氛很浓。作为组织方，我们倍感欣慰。尤其值得一提的是，百忙中抽空而来的，我们岭南音乐界扛鼎人物陈小奇老师的点评，高屋建瓴，极其精辟。它将作为精品，载入珠海音乐文学发展的史册。

  时照老师的歌词，自成体系，有"山河篇""军旅篇""生活篇"，也有"往事篇""行业篇"。通过听、读他已经正式出版的两个专辑，我以为有其独特的三美：一个是它的通俗美，也可以叫朴素美。这种通俗美，在《母亲颂》《欢乐山寨》《和睦家园》《战友情深》里，俯拾皆是。《母亲颂》里，"你是慈爱的源泉/你的慈爱播撒着人间的真情/……母亲啊母亲/你的生命在延伸品格照子孙"，《战友情深》里，"回首往事/刻骨铭心有几件/战友情深/仿佛就在昨天/……但愿战友常思念/一往情深到永远"。这些词句，很有代表性，很值得大力经营，因为通俗美是迈向音乐美之殿堂的第一步。德国诗人歌德就这样说过：我一向以朴素美而自得。时照老师创作歌词首先抓住通俗的把手，这无疑抓住了问题的关键，因为通俗是由歌词的受用性所决定的，它越通俗，就越拥有听众，越有利于演唱与流行。

二是它的深入社会底层、沁人肺腑之美。《梦回小岛》《真爱只有一次》《军营吉他声》等就是这类作品。《军营吉他声》里，"月亮明/军营静/独闻吉他声声/时而马蹄哒哒/时而流水行云"。《打工谣》里，"请莫笑我们是打工仔/世上打工的千千万/没有打工的卖苦力/看你怎样当老板/……没有打工的来干活/看你机器怎么转/别看我们今天有点寒酸/……将来我们也会当老板"。这些作品，一字一句无不和老百姓的生活浓浓地融化在一起。惟其如此，它才深受群众喜爱，具有蓬勃的生命力。

三是它出品要求上的高尚美。曲谱的合作上，有王佑贵、铁源、郑秋枫、周志勇、李需民等；演唱者的合作上有阎维文、张也、王宏伟、汤灿、吴碧霞、雷佳、黑鸭子组合等。他们都是当今中国音乐界的重量级人物。由于起点高，出品当然就会高。刚才，我们听了看了他的部分作品，的确品位高。这不是人人都能做得到的，而我们身边的时照先生却恰到好处地做到了，这可以说是珠海这方土地上的一件幸事。

时照先生写歌词，勤奋至极，锲而不舍。正如他本人在所出版的专辑里说的，他写歌词，是一种业余爱好，每年二三首，没有任务，没有压力，无感不发……灵感往往出在出差时的汽车上、飞机上、船艇上。到了目的地，记录下来，然后慢慢修改。他还说，多年来的歌词创作活动中，经常同曲作家、歌唱家保持联系，这是一种很有意义而又高雅的活动。事情就是这样的，圈外人不会轻易理解。需民老师与我曾讲过，他在飞机上写曲子，

评论篇　　251

邻座的小老板模样的人问他，是搞工程预算哪？有得赚吧老板？这是一种何等鲜明的反衬啊！所以说，在当下，仅仅是时照先生的创作精神，已实属珠海文化的一笔宝贵财富。

时照先生虽是业余作者，但是他用勤奋的杠杆，撬动了成绩的百宝箱，著作颇丰，获奖频频。如《欢乐山寨》（李需民曲）获第六届中国音乐金钟奖优秀作品奖、第七届广东省"五个一工程奖"、第八届广东省鲁迅文艺奖；《打工谣》获1995年中国音乐电视大赛铜奖等。他的歌词作品，不愧为我们珠海文化百花园中的一朵奇葩。

时照老师当过战士、师政委，也当过市法院院长、政协副主席。时照老师还是广东省音乐家协会会员、珠海市音协名誉主席，为珠海音乐文化的发展作出了了不起的贡献。我以为，这是他的另类政绩，而且随着时间的推移，它的影响力将会越来越大。

歌词的写作，有其特殊的规律性，必须循序渐进，方有所获。关于歌词写作的奥秘，乔羽老先生说得最透彻，他说，歌词最容易写，也最不容易写。写几行汉字，谁都能做得到，这是它的易；但麻雀虽小五脏俱全，方寸之内藏宇宙，这又是它的不易。常见初写者，花几分钟写出来的东西，却花几个月甚至更长时间来找关系推广，功夫用的方向用错了，这是很糟糕的。要想有进步，还应潜下心来，与枯燥作伴，好好读懂"月下僧人推敲门"的故事，细细打磨自己的半成品文字。

有句行话说得好："歌成诗时歌耐唱，诗若能歌诗自行。"从这个角度讲，时照先生的歌词还略嫌单一了点。但瑕不掩瑜，整体上，它仍然不失为珠海乃至广东歌词界的一朵硕大粉鲜的映日荷花！

最近，广东决策层提出："广东不但要富口袋，还要富脑袋，要打造文化强省。要批量生产具有中国气派、岭南风格、广东特色的精品。"这无疑为我们的文艺创作指明了金光灿烂的方向。我们就是要朝着这个方向加倍努力，为推动珠海的文化进步，为推进珠海社会和谐建设贡献力量。

最后，我想借用陈小奇老师的一段歌词作为我们这次研讨会的结束语："摇起了乌篷船/顺水又顺风/你十八岁的脸上/像映日荷花别样红/穿过了青石巷/点起了红灯笼/你十八年的等待/是纯真的笑容"。

2010 年 7 月

（作者系广东省音乐文学学会理事，珠海音乐文学学会会长。）

爱的深情抒发

——欣赏肖时照歌词作品心得

鲁之洛

与音乐毫无缘分的我,最近意外地收到一个"中国当代词作家作品经典"的光盘。细一看,竟是"肖时照专辑",令我大感意外。

肖时照,是我的湖南武冈老乡,也是老相知、老朋友。我二十多岁、他十几岁时,曾经有过一段师生情谊。那时,我做过他的中学语文教师和班主任。他的老实、勤奋给我留下很深的印象。在我的印象中,他学习好,劳动也好,却没有对艺术有什么爱好。以后,知道他参军摸枪杆子了,还当上高级指挥员;从部队转到地方后,又做过珠海市中级法院的院长,握起了法槌子;后来他是从珠海市政协副主席的职位上退休的。却没想到他还对音乐艺术情有独钟,又操起了笔杆子。这不能不叫我对他生出钦佩之意,也很叫我好奇:一个拎枪杆、执法槌的汉子,究竟会吼出怎样雄壮、高昂的进行曲?

于是,我迫不及待将光盘放进 DVD 中欣赏起来。越听越受感动,越听越觉新鲜,不只是因为这支支歌的曲子谱得动听、感人,演唱者又都是如阎维文、张也、汤灿、李丹阳等著名歌唱家。还让我大感意外的是：这光盘中的十四支歌，竟没有一支进行曲，而全是浅吟低唱、一叹三咏的抒情歌曲。意是那么真，情是那么浓，让我的心，全沉浸在歌词的意境中了。

它们题材广泛，既是词作家肖时照对时代、对祖国、对改革、对乡土、对人生、对爱情的讴歌；也是肖时照半生经历感情的凝聚、浓缩和绽放。肖时照少年参军，来到祖国南海边和远离海岸的小岛。从战士到初级军官、到高级指挥员、到转入地方政府，一直到退休，他将自己的满腔热血，投入国家海防建设和经济特区建设事业之中。这大半生，他所倾注于事业的，不只是智慧和汗水，更有一颗赤诚的心。然而，他并不满足于这种投入，他还有满腔的激情需要倾吐，需要歌唱。虽然他不善唱，也不懂曲，甚至也不擅长文字表述，但他有满腔火热的爱需要抒发。于是他努力试着用文字来表达，学习写歌词，与作曲家、歌唱家携手，一道来回顾对海岛、对特区的一片真情，以表达对时代、对祖国、对人民最衷心的爱。至情至深，正是这十四首歌词最基本的特点。

准确把握歌唱对象的核心点，是肖时照的歌词能打动人的特点。短小的歌词却包含无限大的深义，以小喻大，以小见大，是它最基本的要求。肖时照正是这样做的。如歌颂珠海特区的《百岛之市》，歌题就对珠海的地理特色作了生动形象的概括，在词中他用"岛上花果香，绿树映红楼；海里鱼虾肥，渔歌唱丰收"和"近看像玛瑙，远看像绿洲；百鸟朝阳飞，海阔竞自由"两组诗意极浓的词语组合，概括了珠海市的美丽、富饶，十分扣人心弦。又如《梦回小岛》，用"有个小岛很小很小，涨潮的时候露出一片石礁，可在共和国的土地上，她的分量却十分重要"四个短句，突出了小岛之小，意义之大，这就将这支歌的核心意义突现出来了。接着用上岛时和步枪一般高的小战士，巡逻中长眠在小岛上的动人事迹勾勒出梦回之深情，增加了令人柔肠百转的感召力。

　　肖时照歌词的另一特点是善于运用形象、贴切的比喻，表达深切的情思，把抽象而水灵灵的情意，让受众有一种可触的滚烫实感。如《真爱只有一次》，作者用"哪怕荆棘丛生，花儿总是要开；哪怕素不相识，总会走到一块"的比拟表达真爱的必然性；用"甜蜜的梦儿为什么容易醒来？甜蜜的果子为什么容易变坏？"比喻真爱如不珍惜就会丢失，因为真爱只有一次！其他如《桃花水》《心中的花》《何时月儿圆》等，都是以比喻生动、形象见长，特具感染力。

　　语言朴实、富韵味也是肖时照歌词的特点。歌词，其实就是便于唱颂的诗。所以它对语言的要求很高。既要求平实顺畅，朗朗上口；又要求雅致、优美、有情有韵；还要力避陈词俗腔。我觉得肖时照歌词的语言是很见功夫的。像"请莫笑我们是打工仔，世上打工的千千万，没有打工的来干活，看你机器怎样转？"（《打工谣》）"种上种上一棵相思树，播下播下友谊花常开，留下一张合影照，走到天涯难忘怀。"（《相会在珠海》）"同是一片蓝天，为什么荒山野岭变花园？同是一片土地，为什么年年丰收捷报传？"（《今朝辉煌》）等，都写得通俗、明白，有哲理，且富诗意，让人喜闻乐唱。

2010 年 5 月

（作者系湖南省邵阳市原文联主席。）

一路征尘一路歌
——珠海市政协副主席、歌词作家肖时照的艺术人生

李一安

他是一个兵。

17岁那年,他走出校门,怀着一腔青春激情,从湘西雪峰山下走进了南海前哨的绿色军营。海风阵阵,海涛声声,0.19平方千米的青州岛是他最初的起点,从这里出发,他迈着战士稳健的步伐,凭借着一个士兵的忠诚与执着勤劳和实干,一步步走上了宣传干事、"南海前哨钢八连"代指导员、宣传科长、团政委的岗位。36岁那年,他成为全军80名优秀政工干部中的一员而被选送到解放军政治学院深造。40岁的不惑之年,他担任了广州军区某守备师政委兼中共珠海市委常委的领导职务。军旗猎猎,军歌嘹亮,钢枪在手,重任在肩,从战士到师政委,从列兵到两杠四星的大校,肖时照始终保持着兵样,身上散发着兵味,始终以一个排头兵姿态战斗在南海前哨。

他是一位歌词作家。

他不仅仅是一位歌词作家,而且是一位多次获奖、创作颇丰的优秀歌词作家。他从事歌词创作多年,发表了70多首歌词,

1999年由广州新时代音像出版社出版发行个人作词歌曲CD专辑《九九回归》，2002年由中国文联出版社出版个人歌词歌曲专辑《打工谣》。许多著名歌唱家如阎维文、张也、甘萍、李丹阳、蔡国庆、汤灿、孙丽英、王宏伟、巴哈尔古丽等都曾演唱过他创作的歌曲。一路征尘一路歌，可说是对肖时照最恰如其分的写照。

1961年入伍，那是一个无人居住的小岛，以咸鱼、萝卜干、空心菜为基调的艰苦物质生活和部队丰富的精神生活打造了他健壮的体魄和健全的人格以及高洁的情操。火热的军营生活激励着他，鼓舞着他，常常使他产生冲动，产生写作的欲望。终于有一天，他紧握钢枪的手毅然地握起了笔，开始了自己的"歌唱"生涯。这个小岛是他军旅生活的起点，也是他创作生涯的起点。他最初的作品刊登在军营黑板报上，写的是连队熟悉的生活，抒发的是战士朴实的感情，激起了战友们的强烈的思想共鸣。

1983年，担任师政委的肖时照与著名作曲家郑秋枫合作，创作了歌曲《我们守卫在万山群岛》。这首歌一直飘荡在万山群岛的上空，至今传唱不衰，被广大指战员誉为守岛部队岛歌，因而荣获广州军区连歌比赛一等奖。这以后，他又创作的《南海前哨钢八连连歌》，今天仍然挂在钢八连战士的嘴上；《军营吉他声》回荡着革命乐观主义精神和战士的浪漫情怀；《海岛，我的第二故乡》表达了战士们守岛爱岛，以岛为家的深厚感情。此外，还有《祖国哨兵之歌》《海岛夜歌》等。这些歌既是他切身的体会，又唱出了战士的心声，因而不少作品受到了部队官兵的广泛喜爱，绵绵不绝地传唱至今。

铁打的营盘流水的兵。由于工作的需要，1989年肖时照转业地方，担任了珠海市中级人民法院院长的职务。从部队到地方，从军官到法官，肖时照很快完成了角色的转换。但他深深意识到，角色变了，军人的本色不能变；工作环境变了，为人民服务的初衷不能变。经过几年的体验、感悟，1996年他挥笔写下了《再为军旗添风采》这首歌。他写道："我们当年走进军营／步伐豪迈／我们今天解甲还乡／依然是豪情满怀／……啊，战友啊战友／为军人的历史干一杯／啊，战友啊战友再为军旗添风采。"这充分表达了转业军人对军旅生涯的自豪和再为军旗添光彩的美好愿望。这首歌经宋继勇谱曲并拍摄成MTV后，获得了中央电视台"军神杯"大赛银奖，收入了建军70周年解放军总政治部出版的大型卡拉OK专辑《军魂》及中央军委武警总部出版的大型卡拉OK《兵歌壮行五十年》专辑，成为全国军转复退军人唯一的一首标志性歌曲。

　　肖时照面容清癯，眉宇间透出凌厉与刚毅，多年的戎马生涯锤炼出了他一副挺直的腰板，这种外形酷似一柄法律的正义之剑，让好人看着放心，让坏人看见惊心。来到法院，肖时照以最快的速度熟悉法律知识，同时主动报名参加广东省法官培训中心学习了一年。他上任不久，针对法院当时的实际情况，采取了内强素质、外树形象的改革方案，启动激励机制调动法官办案积极性，同时加强培训，大力引进高学历法律人才，提倡研究问题的学术风气，鼓励法官撰写论文。他本人亲自撰写的《秉公执法是法官的唯一宗旨》《法官队伍应当少而精》两篇论文，学术价值较高，被海内外十多家大型丛书收录。肖时照任法院院长九年，带出了一支作风好、业务精的法官队伍。

工作之余，他意犹未尽，法官的责任感和使命感驱使着他，他觉得应该用自己擅长的歌词创作艺术地展现法官风采，于是，他再次提起笔，写下了《人民法官之歌》，仍由著名作曲家郑秋枫谱曲，先后由《法制日报》《上海法制报》发表并广为传唱。他还为反映司法战线生活为题材的电视连续剧《法证》创作主题歌《正义之神》。他在法官这人生阶段中用自己的才情和激情向人民交出了一份满意的答卷。

1998年，肖时照转岗到人民政协工作，担任珠海市政协副主席。领导角色的转换使他的视野更广阔，工作接触面更大，更丰富。不久，又面临澳门回归的重大喜庆时刻和百年一回的世纪之交，此时，正是词家们一展身手的大好时机，也是时代给艺术家们提供的一个不可重复的历史机遇。肖时照激情难耐，才情喷射，他饱蘸情感放声讴歌，一连奋笔写下了《九九回归》《世纪钟声》等一批歌词。其中《世纪钟声》获第六届羊城音乐花会一等奖，并由著名歌唱家阎维文在2000年北京中华世纪坛元旦晚会上演唱；歌唱澳门重回祖国怀抱的《九九回归》，由著名作曲家王佑贵谱曲后拍成MTV在中央电视台和全国各地方台多次播放，并获第六届羊城音乐花会二等奖。这以后，肖时照的创作一发而不可收，一首首佳作接踵而来。《和睦家园》被评为广东省迎"十六大"十首优秀歌曲之一，在广东、南方电视台多套节目滚动播出几个月；《何时月儿圆》获湖南省迎"十六大"征歌三等奖，由著名歌唱家汤灿拍成MTV后，在湖广两省电视台多次播出；《今朝辉煌》由周志勇谱曲后，获得了广州市迎"十六大"征歌三等奖。

在政协副主席的职位上,肖时照广泛接触社会各界,心贴普通老百姓,写出了一大批反映大众心声、充满人生哲理、启迪人们思想的歌词,如《岁寒三友》《真善美》《平凡人生》等。还有歌唱珠海这个年轻而浪漫之城的《相会在珠海》,由珠海青春少女组合、黑鸭子组合等演唱并拍成 MTV,已经成为珠海旅游业的形象歌曲。《打工谣》由于唱出了广大打工族的心声,在中央电视台播出之后,好比"一石激起千重浪",立即引来了强烈的反响和热烈的欢迎。其中有两句歌词"别看我们今天有点寒酸,将来我们也要当老板"已经成了脍炙人口的佳句而被人们广泛传诵,这首歌获得了中央电视台 MTV 大赛铜奖。

一路征尘一路歌。二十八载铁马金戈,九年法官生涯,六度政协寒暑,肖时照一直迈着稳健的步伐,在每一个岗位上尽职尽责做好工作,取得骄人的成绩。同时,他又笔耕不辍,佳作迭出,转岗不转"业",妙笔写人生。他常说:"人的物质生活固然重要,但精神生活更重要,这样才会活得充实,活得有意义。"肖时照歌词创作的艺术人生是充实而辉煌的,在他不断地追求和不停地探索之下,我们相信,他的艺术之路将会越走越宽广,越走越亮堂。

1999 年 4 月

(作者系珠海出版社编审、珠海市文艺评论家协会副主席。)

妙笔写人生

——记珠海市中级人民法院院长肖时照

国 华 晓 章

在我们所见过的人中，肖时照手中的这支笔，算是很有分量的了。可以说，这支笔掌握着生杀予夺的大权。这是一支正义的笔，是一支惩恶扬善的笔，是一支令人民群众拍手称快、犯罪分子闻风丧胆的笔。肖时照清楚手中这支笔的分量，从不拿它去作任何交易。肖时照对我们说："老百姓到法院来打官司，往往是他们的最后一线希望了。我手中的这支笔，寄托着人民对正义的渴望，寄托着法律的尊严，可不敢把它用偏了。"

在人们的印象中，法官总是铁面无私、不讲情面的。你可能想象不到，肖时照这个铁面无私的法院院长，竟是一个充满激情、很有人情味的歌词作家。他同样是用这支笔，尽情地抒发对祖国大好河山的热爱，对人间真情的颂扬，对美好事物的赞美。他从1983年开始歌词创作，至今已创作了40余首歌词。他在军队时创作的《我们守卫在万山群岛》等歌曲，至今仍在军队中传唱着，而他创作的以歌颂珠海为主题的系列歌曲，也深受珠海市民的喜爱。他新近创作的以表现打工族生活为题材的歌曲《打工谣》在中央电视台播出后，引起强烈反响，受到打工族的热烈欢迎。其中"没有打工的来干活，看你怎样当老板""没有打工的卖苦力，看你机器怎样转"两句歌词已成为打工族的口头禅，被认为是脍炙人口的佳句。这首歌荣获了"95中国音乐电视大赛"铜奖。可以说，这支笔，寄托着肖时照对生活的理解和热爱，寄托着这位中年汉子的侠骨柔情。

　　肖时照用手中的这支笔，弘扬着人间的正义，实践着法律的尊严；用这支笔，写尽人生的千姿百态，抒发自己对人生的理解和感悟。同时，他也用这支笔书写自己的人生。他说："要想做个好法官，首先要做个好人。"作为一个法院院长，能够写出像《打工谣》这样的作品，并且将打工族的生活、心理刻画得这样真实、深刻，这本身就反映出肖时照的一种人生态度，一种摈弃等级观念、淡泊名利的人生态度。

　　肖时照强调做人的修养，强调作为一名党员的修养，他说："任何一种职位，都不是权力的象征，而是一种责任。以这种平常心去看待职位，有助于我们在生活中为自己找到一个普通人的位置。"有一次，肖时照驾车去办事，路上被交通警察拦住，要检查他的驾驶执照，他态度和蔼地配合。可这位警察又提出要检查他的行驶证，坐在同车的一个法院的年轻人不耐烦了，说："这是我们法院院长肖……"话还没有说完，即被肖院长制止了。事后，肖院长对那位年轻同志说："不要拿官位来压人，我们在交通警察眼里，都是一个普通的驾驶员。"这件小事，却反映出一个人的修养和品格。这和某些人热衷于权力、有了一点权力就将自己凌驾于他人之上的做法形成多么大的反差！

评论篇　　263

肖院长崇尚清官，他到法院后，请全国法学界的专家选出了我国历史上的十大清官，制作成"历代清官图"，用以警醒自己，也用于教育全院的工作人员。他所创办的报纸叫《明镜报》，正是希望他所在的法院能成为明镜高悬、明辨是非、为民做主的地方。为保证秉公执法，排除人情干扰，法院规定，任何人不得在家谈案子。肖院长带头执行这一规定，他在军队工作多年，很多老上级、老部下有时会受人之托找上门来，他总是热情接待。但一旦牵扯到案件，他一定是公事公办，并对来人说："我们是多年的老交情了，你总不至于让我犯错误吧。"时间久了，便不再有什么人为案子的事来找他说情了。有的老战友的子女犯法，在秉公而断之后，他也会做好解释安慰工作，尽一份战友之情。

　　肖时照常说："人总要有一点精神寄托，这样才会活得充实，活得有意义。"读书、创作、听音乐，是肖时照的最大爱好，是他业余生活的主要内容，也可以说是他的精神寄托。这在那些习惯了灯红酒绿、听惯了麻将声的人看来，可能太单调了，但肖时照却觉得自己活得很充实。因为他的笔，不仅仅是在判决书上"打钩"，写的不仅仅是歌词，同时，他也要用它把"人"这个字写得端端正正。

1996 年 1 月

（作者系杂志社记者。）

珠海,一首美丽的歌

萧 城

当我们从四面八方走来,当我们从天南地北走来,珠海,这颗美丽的明灯,就熠熠闪耀在我们的心头。从昔日荒凉的渔村到如今花园式的城市,珠海经历了一段极不平凡的建设时期,而正是它的建设者们,以满怀的豪情谱写了曲曲动人的特区之歌,那就是《珠海,一首美丽的歌》。

由珠海电视台摄制的电视音乐片《珠海,一首美丽的歌》,结合民族与通俗歌曲的技法,以优美的旋律而扣人心弦。它的演唱者无疑是一流的,蔡国庆、江涛、林萍等都是来自乐坛的著名歌星;它的曲作者也是音乐界颇具实力的人物,王酩、郑秋枫、付林、沈传新、董兴东,还有因包揽一百集电视连续剧《京都纪事》所有作曲而名动京都的周志勇等人。而它的词作者肖时照则是一位扎根珠海三十三年,兢兢业业工作在特区的一位开拓者,他怀着对珠海人民深厚的感情而写下这组优美的歌词。

全组歌词由《珠海的灯》《百岛之市》《年轻的土地》《珠海

——澳门》《珠海之歌》《珠海的勒杜鹃》《珠海美》《珠海,中国之窗》八章组成,从不同角度反映了改革开放以来珠海日新月异的变化和珠海人民对这座美丽城市的热爱。

《珠海的灯》描述的是珠海的夜景,当夜幕徐徐降下之时,华灯初上,海上点点渔火与天空闪烁的星星相辉映,把珠海这座不夜城衬托得加倍迷人。

《百岛之市》勾画的则是另一幅情景,花香绿树掩映下的百岛,有如百花园中的一枝独秀,又恰似一颗玲珑剔透的玛瑙,镶嵌在南国这块广沃的土地上。

珠海毗邻澳门,一衣带水,陆路相连。特殊地理联系和社会背景使多少骨肉分隔两地,只能相望而不能相见。人们殷切期望着,珠海和澳门终究会走到一起来的,终究会比翼齐飞的。《珠海——澳门》这首歌,恰到好处地反映了这种情景,由著名作曲家王酩谱曲。

从气势恢宏的《珠海之歌》中,我们可以看到许许多多扎根珠海的工作者们,正在为建设一个更加繁荣、更加美丽的城市而奋斗着。虽然没有现成的蓝图,虽然没有现成的道路,但他们有万丈的豪情壮志,有顽强不屈的拼搏精神,他们迈着改革的雄健步伐,去开拓,去建设,让珠海这颗明珠焕发出更加夺目的光彩。

《珠海,中国之窗》描绘的是珠海与中国改革开放的关系,与世界的关系。珠海是中国的窗口和希望,珠海是开放的前沿阵地,珠海,她必将走向世界,走向崭新的太阳……

《珠海，一首美丽的歌》在音乐，画面，文字上也做了十分巧妙的结合与处理，以其特殊的魅力和艺术感染力，激发起更多人对这块年轻的土地的热爱和追求。该片由中共广东省委常委，珠海市委书记梁广大题写片名，春节期间已在珠海电视台播出。

1995 年 3 月

(作者系《珠海特区报》记者。)

身到情到歌到

——词作家肖时照的创作之路

朱 燕

最近,珠海网民们都在热追一首叫作《平安好梦》的歌,它被我们珠海这个志愿者之城当做了"志愿者之歌"。感人的歌词、动情的旋律,演唱者的深情,伴随着一位位志愿者的红马甲,在珠海的大街小巷穿行、飘扬……这首歌的词作者就是肖时照。

肖时照可以说是中国词坛的一朵奇葩,而奇就奇在他的专业与歌词创作风马牛不相及,奇在他创作了三十多年,却仍有着赤子之心潜心创作且痴心不改,奇在他作品虽未硕果累累,却获了很多奖项,奇在他业余了一辈子,却有诸如王酩、郑秋枫、铁源、宋继勇、李需民等很多歌坛大腕谱曲,以及张也、雷佳、甘萍、巴哈尔古丽、闫伟文、黄华丽、吕继宏、朱虹、王喆、江涛、李丹阳、王宏伟、吴碧霞、林萍、黑鸭子、唐彪等著名歌手演唱……

身到之：创作源泉

四十多年前，肖时照还是一名解放军战士，守卫在珠海最边缘的一个无居民小岛上。这个小岛，后来成了让他一生魂牵梦萦的地方，也成了他后来歌词创作永不枯竭的源泉。而他作品中最重要的一部分内容都是关于军旅生涯的。

从他二十多岁时写的第一首在部队文艺宣传队给战士表演唱的歌词《老政委来到咱们连》，至今已经接近半个世纪过去了，随着光阴的流转，肖时照的人生也从海岛战士、政工干部，到法院、政协的领导，再到如今的退休干部，转换了许多社会角色。

但是几十年中，他人转心不变，在歌词创作领域一直笔耕不辍地坚持着，只是题材随着角色在变化。

《梦回小岛》是博得许多人喜爱的。肖时照说，写这首歌词，他的脑海里全是当年战友们的音容笑貌，包括那牺牲在岛上的战友，以及战友家人来到岛上时的情境，至今仍清晰地浮现在眼前。几十年过去了，海岛的军队生活，给了年轻的肖时照丰富的生活体验，歌词是发自肺腑地往外涌，毫不造作，毫不晦涩，也毫不费力，怎么想，就怎么写，于是——有一个小岛/很小很小/涨潮的时候只露出一片石礁/可在共和国的土地上/她的分量却十分重要/有一位战士/年纪很轻/上岛的时候与步枪一般高/他在一次巡逻中光荣牺牲/从此长眠在这个小岛。

这首歌，就仿佛老年的肖时照，正坐在蔚蓝的大海边，面朝着大海，在春暖花开的时候，给我们这些没有经历过那个时代、也没有去过那个小岛的年轻人讲故事……咏叹调式的韵律，叙事诗似的风格，没有华丽的辞藻，只是真诚地表达自己对那个地方、那段岁月、那些人的热爱和缅怀——那些年，那些人，那些事……

其实，肖时照的歌词创作就是这样，情为心所译，心为歌所系，绝不为赋新词强说愁。他的创作灵感完全来源于生活，有什么样的生活，就写什么样的歌。

难怪他说他从无创作瓶颈。这个在许多以文字为生的人那里都会出现的难题，在肖时照这里就是天空飘来的五个字：那都不是事！他说他绝不会为创作而创作，也不会为凑数而创作，有了生活感悟就写，没有生活感悟，宁可笔都不拿。

肖时照的歌词创作可以分为四大类：军旅歌曲，政工颂歌，爱情表达，生活感悟。这四类题材，几乎就是他生活的全部写照。

在肖时照的军旅歌曲中，以著名作曲家郑秋枫谱曲的《我们守卫在万山群岛》、宋继勇谱曲的《海岛，我的第二故乡》、曹俊山作曲的《南海前哨钢八连连歌》、朱庆志谱曲的《梦回小岛》、吴璇作曲的《军营吉他声》等为代表。

这些歌有的铿锵有力，有的宛转悠扬，有的低吟浅唱……把中国军人的铮铮铁骨和恋恋柔情都表现出来了。

1989年肖时照转业到地方工作，想到作为一个转业军人，如何保持军人本色，如何为军旗增光添彩，他创作了《再为军旗添风采》。

这首歌拍成了电视音乐片，获得了中央电视台"军神杯"大赛银奖，收入建军70周年解放军总政治部出的大型卡拉OK专辑

《军魂》及中央军委武警总部出的大型卡拉 OK《兵歌壮行五十年》专辑，成为全国复退军人唯一的一首标志性歌曲。

肖时照的政工颂歌可以说出品颇丰，这大概与他脱去军装后多年行政领导的身份相符合。

担任珠海市中级人民法院院长九年，他写了《人民法官之歌》，这是全国法院系统第一首法官自己的歌。他还为以法制为题材的电视连续剧《法证》创作主题歌《正义之神》，此剧获电视飞天奖。

后来，肖时照担任珠海政协副主席，为庆祝澳门回归，他写了《九九回归》一歌，拍成音乐电视片在中央和省、市电视台多次播出。他还创作了以百年一遇的世纪之交为题材的《世纪钟声》，由著名作曲家王佑贵谱曲，由著名歌唱家阎维文在 2000 年北京中华世纪坛元旦文艺晚会上演唱。

同时，他还创作了台湾同胞盼回归的歌曲《何时月儿圆》，由著名歌唱家汤灿演唱，并拍成音乐电视片在中央和省、市电视台播出。

在政协工作期间，他出国参加华人华侨的社会活动也很多，广泛接触了华人华侨四海漂泊，艰苦创业的生活，感受到他们对祖国，对家乡的感激之情和眷恋之情，又创作了《中华人》《谢谢您，祖国母亲》等歌曲。

情到之：体味爱情

肖时照说，他喜欢写歌词，是因为他没有时间长篇大论，但又热爱笔墨人生,于是忙里偷闲,把别人喝酒、打麻将、游玩的时间用来写作。

因此,他写的都是有感而发、信手拈来的东西。这其中除了军旅和政治的歌曲外,还有一类属于爱情的歌词。

肖时照的爱情类歌词应属于大写意的概念,注重传神,不注重细节。

他的情感类歌词既不阳春白雪,也不缠绵悱恻,更不幽怨凄楚,他的爱情歌词承袭了他的一贯风格——质朴。

即使是讲爱情,他的歌词也从不哥哥妹妹的,很含蓄,很内敛,点到为止。至于理解,随听者会意,要传达的,也都是千百年来人类生活的大白话,因此不必大费笔墨。

这也许是严肃了一辈子的军人和政工干部、领导的特点?笔者不知道肖时照的爱情生活是怎样的,也不知道他年轻时是否有过心中的女神或者是刻骨铭心的爱情,但在他用那不太标准的普通话深情地演唱自己写的那首由著名作曲家铁源谱曲、著名歌唱家张也演唱的《真爱只有一次》时,他的双眼放出了青春的光芒,双颊出现了年轻人的羞涩。

他说创作这首歌的时候正值 1995 年,好莱坞影片《廊桥遗梦》在中国内地上演,他去看了,感慨很深。

于是他又买来小说,读着读着,读出了灵感。之后便提起笔,写下了这首在他的作品中为数不多的爱情歌曲《真爱只有一次》——哪怕荆棘丛生/花儿总是要开/哪怕素不相识/总会走到一块/其中因缘说不清来道不白/只有慢慢地寻觅/慢慢地等待/啊!真爱只有一次/缘分来了就不要徘徊/甜蜜的梦儿为什么容易醒来/甜蜜的果子为什么容易变坏/其中因缘说不清来道不白/只有悄悄地回忆那曾经拥有的爱/啊！真爱你在哪里/缘分走了就不会再来。

《廊桥遗梦》的爱情，说的是永世不忘、永不再来的真爱。

也许，真正的铭心刻骨的爱情就是在求之不得的遗憾中才变得更美好吧。

于是那首有点暧昧、有点感怀、却又肯定是在传送爱情的《桃花水》出现了。

歌词描写江南一带春暖花开的季节，桃花开了，春水涨了，用桃花和春水的关系，寓意姑娘和小伙的爱恋之情，创造了一个"桃花春水两相望，看也看不够""桃花春水向东去，永远不分手"的感觉，有点《诗经》的意境。这首歌由著名歌唱家李丹阳演唱，并收录入她的专辑：春天桃花开/春水小河流/桃花红艳艳/春水清悠悠/我是桃花枝头笑/你是春水歌不休/桃花春水两相望/看也看不够。

歌到之：讴歌生活

肖时照认为，歌词很短小，语言很简洁，但是要表达的主题却很重要，有时甚至很大，而且必须和音乐相结合。

所以，必须创造一种与主题相符合的意象，给人联想无限。他写的《九九回归》，创造了这样一个意象："高高的青山哟九千九百九十九个峰，终归连着珠穆朗玛峰；长长的绿水哟，九千九百九十九道弯，终归流进大海中；远飞的大雁哟，千九百九十九里路,终为回到自己的窝棚;高高的大树哟,九千九百九十九片叶,终归飘落在树根"。表现了澳门同胞回归祖国的怀抱,路途漫漫曲折,很不容易。加上"九九归一"是中国易经理念,是好兆头。为了表现迎接同胞回归的热烈气氛,用了"九千九百九十九朵鲜花在挥动""九千九百九十九首笙歌在吟颂""九千九百九十九盏红灯照你行""九千九百九十九道彩虹把你迎"的词句。当年,这首词发表在《词刊》上,全国各地的作曲家谱写的版本,他接到的就有三十多个。

  肖时照虽然一直身为领导,但他为人低调,且有着难得的、朴素的人文情怀。文如其人,他的文笔也属于质朴、平白的百姓语言。他热爱生活,关注生活,绝没因当了领导就高高在上,他时刻体察着百姓生活的酸甜苦辣。

  2004年肖时照退休之后,有时间来回顾过去的一些事情,注重于思考人生真谛。的确人到了晚年,喜欢回首往事,感慨万千。于是他写了《往日情怀》《光阴》《岁月如镜》《为官铭》等歌词。他说,在追忆生活、反刍生活中,他悟到一个人生真谛:权力不重要,金钱不重要,只有时间最重要。《光阴》唱道——大雁飞去/还会回归/花儿谢了/还会艳美/可是那逝去的光阴/永远不会再回/看着那时针滴滴答答地走过/我心颤动/我心叹悲/啊/人世间太多美好的事情/唯有光阴最珍贵。

  日前,在珠海创文活动进行得如火如荼时,珠海的志愿者队伍迅速扩大,珠海的大街小巷,都有许许多多的志愿者在服务,于是那首被网友热捧的歌从肖时照心中升起——《平安好梦》:虽说你我不曾相识/你的难让我牵挂心中/虽说你我隔山隔水/你的苦让我坐立不宁/也许你我非亲非故/你的笑让我如沐春风/也许你我难再相逢/你的好让我欣慰激动/请不要问我姓和名/一切尽在那不言中/我要为你道一声祝福/祝你一生平安好梦。

2014 年 9 月

(作者系《珠海特区报》记者。)

获奖歌曲

1. 《欢乐山寨》获第六届中国音乐金钟奖优秀作品奖。

2. 《欢乐山寨》获第七届广东省"五个一工程"奖。

3. 《欢乐山寨》获第八届广东省鲁迅文艺奖。

4. 《再为军旗添风采》获中央电视台第一届"军神杯"军旅歌曲电视大赛银奖。

5. 《打工谣》获"95中国音乐电视大赛"铜奖。

6. 《和睦家园》获广东省迎"十六大"征歌十首优秀歌曲之一。

7. 《欢乐山寨》获广东省迎"十七大"征歌优秀作品奖。

8. 《梦回小岛》获2006年广东省群众文艺作品评选二等奖。

9. 《何时月儿圆》获湖南省"新时代礼赞"优秀歌曲征集三等奖。

10. 《世纪钟声》获第六届羊城音乐花会一等奖。

11. 《九九回归》获第六届羊城音乐花会二等奖。

12. 《今朝辉煌》获广州市"颂歌献给党"歌曲征集三等奖。

13. 《我们守卫在万山群岛》获1984年广州军区连歌比赛一

等奖。

14.《南海前哨钢八连连歌》获 1986 年广州军区纪念红军长征五十周年歌曲比赛三等奖。

15.《军营吉他声》获广州军区纪念建军 60 周年文艺汇演创作奖。

16.《神奇的手》获第三届"中国潮金曲"征歌评比特金奖。

17.《平安好梦》获 2013 年广东省群众文艺作品评选铜奖。

18.《幸福珠海人》获 2013 年首届"珠海音乐晨星奖"铜奖。

19.《思念母校》获第三届"珠海音乐晨星奖"优秀奖。

20.《思念是一个美丽的梦》获第四届"珠海音乐晨星奖"优秀奖。

21.《真善美》获第四届"珠海音乐晨星奖"优秀奖。

22.《诚信之歌》获第五届"珠海音乐晨星奖"铜奖。

后　记

　　前面说到，我写歌词分两个阶段：一是1967年到1971年期间，那时我在万山要塞部队政治部当文化干事，为部队文艺宣传队写节目，也写了一些歌词，因为是"文化大革命"时期的氛围，歌词歌曲就没有保留的价值了。二是从1983年开始至今，从部队转业地方，我在领导岗位上二十余年，业余时间坚持写歌词，退休后还写了一些歌词，总共也就120多首。这次我出版这个歌词专辑，目的只有一个，就是把它保存下来，做个留念。在这里，我要感谢多年来，同我合作的作曲家、歌唱家们，是他们的努力，才使我的歌词作品变成了歌声，并获得了一些奖项。我特别要感谢曾维浩老师、李瓦杰老师、陈双龙女士的大力帮助，使这本歌词集得以出版。